光合 作用
GUANG HE ZUO YONG

总有一次相遇让你永远铭记

陈志宏　著

新世界出版社
NEW WORLD PRESS

图书在版编目（CIP）数据

总有一次相遇让你永远铭记 / 陈志宏著 . -- 北京：新世界出版社，2016.11

（光合作用书系）

ISBN 978-7-5104-6014-2

Ⅰ . ①总… Ⅱ . ①陈… Ⅲ . ①散文集－中国－当代 Ⅳ . ① I267

中国版本图书馆 CIP 数据核字（2016）第 250416 号

总有一次相遇让你永远铭记

作　　者：陈志宏
责任编辑：董晶晶
责任印制：李一鸣　黄厚清
出版发行：新世界出版社
社　　址：北京西城区百万庄大街 24 号（100037）
发 行 部：（010）6899 5968　（010）6899 8705（传真）
总 编 室：（010）6899 5424　（010）6832 6679（传真）
http://www.nwp.cn
http://www.nwp.com.cn
版 权 部：+8610 6899 6306
版权部电子信箱：nwpcd@sina.com
印　　刷：中印南方印刷有限公司
经　　销：新华书店
开　　本：787mm × 1092mm　1/16
字　　数：200 千字　**印张：**15.5
版　　次：2016 年 11 月第 1 版　2016 年 11 月第 1 次印刷
书　　号：ISBN 978-7-5104-6014-2
定　　价：32.80 元

目录

CONTENTS

总有一次相遇让你永远铭记

第一辑　拇指思维

第二辑　不去打扰

第三辑 月下漫步

第四辑　一鸣惊人

第五辑 小善大爱

第一辑

拇指思维

说说话

隆冬时节，北风呼啸，群山深处，千年古刹里，僧人们正在修炼，修行的内容只有一个：守静。不言不语，让静思在心空飘荡；不声不响，让烦恼在无声中消失。

突然，一阵寒风吹来，烛光摇曳不定，突然熄灭了。小沙弥率先打破了沉寂：“蜡烛被风吹灭了！”年长的僧人打了一个寒颤，毫不留情地训斥道：“怎么能说话呢？不知道我们正在进行静默修行吗？”第三位僧人听到他们在叽哩呱啦，很是生气：“你们都闭嘴，不声不响去把窗子关起来！”最后一个得意洋洋，乐呵呵地说：“哈哈，我是这里唯一一个没有讲话的人。就我修炼到家啦！”

他们的修行以失败而告终。这些人以静默为修行目的，却都无法忍受不说话的烦恼，自觉不自觉地都开了腔、破了例。这个小故事告诉我们：一个人不说话有多么难啊！

米兰·昆德拉在《小说艺术》一文中说：“人类一思考，上帝就发笑。”

我想说的是——人类一说话，上帝就想哭。

笑，比哭好，我们乐见人家笑，讨厌别人哭。为了上帝笑口常开，不让他老人家哭，人类还是多思考、少说话吧。有时，缄口不言很简单，闭嘴而已；有时，沉默不语又是那么难，喋喋不休的惯性让唇舌根本停不下来，心声源源不断地往外冒涌，如永不停歇的泉眼。

一个人愿意开腔发声，往往面临着三大根本性问题——和谁说？说什么？说多少？

和别人说话，寻常而普遍。不一样的是那些和自己说话的人。安东尼奥·马查多说过："自言自语的人总是期待有机会与上帝对话。"和自己说话，跟自己讲和，有神一般的光芒。一个人愿意对另一个人说话，是对他心的接纳；一个人喜欢自语自言，是对自己的宽容相待。虚与委蛇，言不由衷，说出的话都不是话，而是放出去的毒箭，于人于己，都是心的折磨。

相言欢，坦诚相见，灵魂相融。由此不难推导出一个理念：判断两个人会不会长久相交，就看两人在一起是不是有说不完的话，无怨，也不厌，相言甚欢。其特例是，结婚前，你最好扪心自问："等到垂垂老矣，看他白发苍苍，是否还愿意与之促膝谈心？"如是，将是一桩完美婚姻；如否，此婚就悬了，必不能持久。

愿意说话后，就面临一个新问题：说什么？每个人的话语里都暗藏一根温度计，或直接或间接地标注了显明的温度值。所谓的"话不投机半句多"，其值定在冰点之下；解忧的暖心话，其值必定在最适宜的37℃上下徘徊；让人心寒的恶毒话必在冰点以下。"良言一句三冬暖，恶语伤人六月寒。"温言多说无害，冷语多说伤人。话多话少，不在于量，质更重要。

《说苑》里讲了一个寓言故事，颇有深意。

猫头鹰和斑鸠在森林里相遇了。斑鸠问："你要去哪儿呢？"猫头鹰说："唉，别提了，我打算到东边去。"斑鸠问："你怎么啦？为什么要去东边呢？"猫头鹰说："村里人都讨厌我的叫声，所以，我想往东迁移。"斑鸠说："这好办呀，你只要能够改变自己的叫声就好了。不改变叫声，就算你迁到东边去，那里的人照样会讨厌你。"

猫头鹰的话不动听，它不从自身找原因，反倒冤枉西村人。如果不是斑鸠来纠正它，它永远也不知道自己到底错在哪儿了。

撒谎让人嫌，谎言人人恨。最大的谎言，不是骗别人，而是自欺欺人。尼采说：“欺骗他人其实是一种微不足道的错误，骗自己才会让自己变成可怕的怪物。”猫头鹰一直自欺欺人地活着，乐不可支。

人可以自言自语，但切莫自欺欺人。自言自语也许会让别人觉得好奇，但自欺欺人就是他人眼中十足的大怪物。

蔡永康说：“语言最美的时候，正是我们透过语言感受到彼此相互需要的时候，靠语言确认彼此的存在。”人活一世，通过自言自语，搭建天梯，找机会与上帝对话。不能如愿，就擦亮语言这把钥匙，打开那扇我们渴望打开的心门，感受爱的存在，温暖彼此的心。

写作感悟：

人可以自言自语，但切莫自欺欺人。自言自语也许会让别人觉得好奇，但自欺欺人就是他人眼中十足的大怪物。

江汉限无梁

齐邦媛先是上南开中学，然后考到武汉大学外文系，读书的地方都在四川乐山。

抗战锋火连天起，学校南迁，齐邦媛跟随父亲也汇入浩浩荡荡的逃难队伍，道不尽的人间凄苦。以为南下就能安享净土，谁知日本飞机天天来轰炸。日军铁蹄践踏处，瞬间成为人间地狱，中国人遭受了前所未有的苦痛，逃亡千里，妻离子散，家破人亡。

即便在乱世，也有鲜花怒放，教室里依然书声朗朗，亘古不变的爱情鲜亮如初。

去上课的路上，齐邦媛喜欢看路边的小花，泥土青草气息，混杂着淡淡的花香，十分好闻。朱光潜老师的课，她最喜欢。他那略带徽腔的讲授，像音乐一样，引领她进入神奇的艺术世界。印象最深的，是朱老师对教学的执着，他是教务长，公务再忙也会准时上课，而且对生活的困苦从不抱怨，内心澄静，如一面湖水。

有一堂课，朱光潜讲授华兹华斯的诗作《玛格丽特的悲苦》（*The Affliction of Margaret*，作于 1804 年）。诗中，苏格兰穷寡老人玛格丽特每日念儿，泣涕涟涟。她的独子外出谋生，七年未归，杳无音信，一到晚上，唤儿声声，使人心碎：“你在哪儿？我亲爱的儿啊……”

朱老师念完“天上的鸟儿有翅膀……链紧我们的是大地和海洋”，对同学们说，这诗句与南朝诗人谢朓那句“风云有鸟路，江汉限无梁”意境相近。他语带硬咽，稍微停顿又继续朗诵下去，直到最后两行：“若有人为我叹息，他是怜悯我，而不是我的悲苦。”朱老师取下了眼镜，眼泪流下双颊，突然把书阖上，快步走出教室。

身边有太多类似的可怜的妈妈、可怜的离人，让朱先生情难自抑。

齐邦媛把这些点滴细节都写进《巨流河》一书中。本书最感人的莫过于飞虎队成员张大飞写给她的诀别信。张大飞是她的东北老乡，父亲死在日本人手里，家仇国恨，激励他走上了从军之路。齐邦媛非常仰慕他，恋爱之花还没结果，她却收到一封史上最沉重的情书。

“你收到此信时，我已经死了。八年前和我一起考上航校的七个人都走了。三天前，最后的好友晚上没有回航，我知道下一个就轮到我了。我祷告，我沉思，内心觉得平静。……原谅我对邦媛的感情，既拿不起也未早日放下。

“我请地勤的周先生在我死后，把邦媛这些年写的信妥当地寄回给她。请你们原谅我用这种方式使她悲伤。自从我找到你们在湖南的地址，她代妈妈回我的信，这八年来我写的信是唯一可以寄的家书，她的信是我最大的安慰。我似乎看得见她自瘦小女孩长成少女，那天看到她从南开的操场走来，我竟然在惊讶中脱口而出说出心意，我怎么会终于说我爱她呢？这些年中，我一直告诉自己，只能是兄妹之情，否则，我死了会害她，我活着也是害她。这些年来我们走着多么不同的道路，我这些年只会升空作战，全神贯注于天上地下的生死存亡；而她每日在诗书之间，正朝向我祝福的光明之路走去。以我这必死之身，怎能对她说‘我爱你’呢？……请你委婉地劝邦媛忘了我吧，我生前死后只盼望她一生幸福。”

这是大飞写给哥哥的信，齐邦媛从中看到与己有关的泣血文字，不禁想起朱先生吟诵“风云有鸟路，江汉限无梁”。风云阔大无边，却留有鸟行之路；江汉看似不远，然而，无桥无渡的一弯浅水，竟是咫尺天涯。

亲人离散，阴阳两隔，天人永别，只因那场满负罪恶的战争。大飞去了，魂留长空，千怨万恨齐上心头，邦媛将之汇成一句话：

“战争是世上最坏的事情。”

写作感悟：

风云阔大无边，却留有鸟行之路；江汉看似不远，然而，无桥无渡的一弯浅水，竟是咫尺天涯。世上情，有时近，有时远，人间爱，不论远近，一往而深。

人散新月后

画家朋友出新作，拍照，发我。圆溜溜的团扇画，如水一般慢慢洇在屏幕上，清亮，明晰，心神因之而宁静。峥嵘虬枝，乌黑岩石，淡淡云月疏疏风，月下树，树旁石，石上人，低眉女子静夜思。

溶溶月照进心间，淡淡风吹拂尘衣。

画中人有丰腴的体态、饱满的额，却掩饰不住从画幅里漫漶而出的凄清与哀怨。女子衣袂飘飘，颇有汉风唐韵，却在眉宇间收纳了唯现代人独有的忧愁和清怨。

一月一画一世界，一树一石一女子。

秋凉起，清欢至，心如月。喜欢画中宁静，月移的窸窸窣窣、灵魂的喃喃低语，透过画幅都清晰可闻。

画境如此，映衬出画者当时怎样的心境呢?

友人说，生日那天，亲友围炉而坐，同唱一首生日之歌，共食一盘生日蛋糕，欢腾过后是寂静。

曲终人散，一个人收拾残局，满屋子的亲友气息，抬头望，天上一轮明月，幽幽然，明亮如水。刹那间，灵感袭来，于是，执笔作画，人生多少悲欣，尽入这团扇里。

年少时，看丰子恺的漫画《人散后，一钩新月天如水》，感触不深，只觉得画面简单、意境不深。三十而立，再来看，觉得那凄清的调子里，才是生活最真的旋律，不禁佩服之至。又过十年，看到友人的这幅团扇，竟不可阻遏地联想到丰子恺先生的画作来。心才明了，这是极致的孤独、人生真实的况味。

友人毫不讳言，这幅团扇画，其情其境多少受丰先生画作的影响。

不过，细品之，明辨之，画风不同，一个是有人之境，却太过空阔；一个是无人之境，却能感受到月残之前团聚的热闹。执画笔的手不同，通达到的内心自然不一样，反映到画作，就形成了迥异的风格。

友人笔下的月夜清辉冰冷，树欲静而微风轻拂，人欲静而心潮澎湃。画中人，念时光匆匆流逝，华年早生华发，是为忧时；念亲友散尽，亲密无间的那个人却还在枫树梢且听风吟，是为怨人。丰子恺先生画的是残月，衬得刚刚亲友团聚的喜悦更加浓烈似火，而友人画中那轮圆月，却生生照见热闹之后筵席的孤缺，表达了内心圆润的向往。

人聚人散，月圆月缺，人生本来的面目，世界本真的模样。

高潮过后的虚空，是很多人自会经历的伤。记得央视名嘴朱军曾提过，某年除夕夜，主持完春晚，一个人穿过烟火渐熄的北京城，回到寂静的地下室，耳畔还是惯性的喧闹，现实却静得让人不知所措。

这种感受，常人难以体会，算是“人散新月后”的极端版本。

人散新月后，说不尽的离愁别绪，是我们真切的人生。

写作感悟：

画家李莉新作《人散新月后》完稿后，第一时间发给我看。月圆清冷，我不由地思虑起人生来——人聚人散，月圆月缺，这是人生本来的面目、世界本真的模样。

人间的太阳

与村里同龄的孩子相比，我去过的地方更多，走得更远。

四岁坐火车到省城看热闹，八岁上庐山赏景，至于那相去不到十公里的抚州市，逛的次数更是数不胜数，羡煞旁人。城市的繁华少有印痕铭刻于心，念念不忘的是那站立在大地之上钢铁巨人一样的铁塔，高耸入云，三条长长的辫子从远方延展过来，将所有的铁巨人一个个串连起来，然后，渐渐消失在影影绰绰的都市地平线上。

父亲说：“看到这铁塔和高压电线，我们就快到城里了。”

父亲是乡村民办教师，肚里墨水多，总喜欢用身边的东西教给我知识。他告诉我，铁塔上架的是高压电线，把远方电厂发的电输送到城里，经过变电站，高压电转为低压电，供城市的生产和生活之用。在我正式接触物理学知识之前，早已在父亲的自行车后座上，学到了不少电学知识。

煤油灯点亮暗夜的时代，电只是人们口耳相传的西洋景，像风一样，知道它的存在，却无法望其影、见其形。

电，照白了人间暗夜，照亮了我儿时的梦。

高压线、铁塔、电，这类词汇成了嘴里的常客，是我童年炫耀的资本。

那时，我渴望的远方，有电，有高楼，有长长的街道，哪怕再黑的夜也看得清路，因为有远照的高灯，哪怕再无聊的日子也会很有趣，因为有电视电影可看。

与其他村相比，我的故乡陈坊是方圆百十里最早一批用上电的村庄。

陈坊村紧邻抚河支流——汝河。为了灌溉几百亩水田，二十世纪八十年代末，国家投资把电排站建在村口的汝河边。村里少数几户人家几经协商，凑钱，施工，悄悄把农电引入家中，供夜间照明。

暗了千年的乡村，一朝被电点亮，举村欢腾，成了村史里永不褪色的里程碑。

那时，电比油贵，一度电二三块钱，够我上初中一周的伙食费，一般人家只用五瓦十瓦的白炽灯泡，二十瓦的只有富户才敢用。白天保证抽水机用，入村的电闸断了，只有天黑才有电送来，很不稳，灯泡忽明忽灭，随时都有断电的可能。正因如此，煤油灯还不敢丢入历史的回收箱，属应急的必需品。

再后来，农电正式入户，用电相对便宜，加上之后的同网同价政策铺开，村里便响起了电视的声音，那一方小小的黑白窗口，让人们足不出户看遍天下。

电，不仅仅是光明使者，更是文明之神。

多年后，我如愿地踏入有电有高楼有长长街道的都市，那时，城乡处处竖电杆，拉电线，电网基本全覆盖，夜有霓虹，日有声形，家电运转起来，机器转动起来，给人们转来了幸福、文明和安康。

习惯了有电的世界，回想那与电无缘的童年，觉得真是太不可思议了。短短几十年，时代变化之大，社会进步之快，欣喜之余，让人情不自禁地要为这个有电的世界点赞。

今夏到访台湾，飞机晚点，夜里十二点才徐徐降落。透过弦窗，俯视夜台北，璀璨的灯光，炫目多姿，惊艳人眼。当天的日记中，我用一个词来形容它：一地星河。

看过一张图片，卫星拍摄的夜地球，全球各处，明暗不一，哪里最亮，哪里就是最发达最富裕的地方，暗处则欠发达，有待迎头赶上。我想，完全可以启用一个“电灯指数”，用来衡量一国一地的发展程度，精准、直白，又不失科学。

想到儿时坐在父亲骑的自行车后座上所看到的大地之上那一座座铁塔、那一根根电杆、那一条条电线，现在我依然能感受到当时的那份激动与憧憬。在我看来，电是开在人间最美最亮的花儿，将文明之香传遍四方。

写作感悟：

电是人间的太阳，有电便有光。电不仅是光明的使者，更是文明的神祇。古人崇拜太阳，于是有了文明的延续、社会的进步；今人研究电力，让科技更进步、国家更强大。“电”是“日”最美的延伸，是在黑夜里照亮人间的太阳。

路　过

深秋时节，夹一叠讲义稿，打教学楼前那排叶片渐黄渐落的景观树下过，惊异地发现，一株油桃竟然绽放出一朵一朵大红柔嫩的花儿来。

深秋桃花红。我得走过多少路，看过多少花树，才能赏到这一奇景呀？而今，不经意间的一次偶遇，是我之幸，是自然之悲？不得而知。

入职三年，我所从教的学校陷入风雨飘摇之困境，让人抬头看不见未来。迫不得已，试图以跳槽来抵御现时的风险，我用自己那不值一提的文字之功来探路，一路走来，步履蹒跚，在自己并不算长的履历上，硬是浓墨重彩地填写了诸如杂志编辑、报纸记者、电视文案和自由撰稿等与文有关的工种。寻路青春，最终以回归象牙塔告终，我重新做回老师，三尺讲台，一根教鞭，度此一生。

亲友知道我爱写字、出过书，找我辅导孩子写作文，我一般不会拒绝，点拨点拨，不费什么功夫。不少人趁此鼓动我开作文辅导班，比清贫的写作收益高多了。不能说没有心动，但终于没有行动。我熟悉的作家里头有不少开班，闷头发大财。我心依旧。别人的成功经验无法复制，他人走的那条路，终点是成功，我走不一定能走通。开辅导班的念头，就一直搁在那里，时不时蹦出来刺激一下，搅扰得不得安心。

受朋友之托，四处联系出版社和文化公司，以期助他出版第一部专著，为他即将到来的四十岁生日献上一份有意义的礼物。这一程序，在 2004 年之前，我自个儿早就启动过。那时，我疯狂地寻找出版单位，甚至不惜自费出版来帮自己圆梦——三十岁之前，出版一本属于自己的书！机缘巧合，和济南出版社适时搭上线，好事多磨，拖了一年多时间，终于赶在我三十岁生日前三个月，拿到了我的第一本书《不可能的可能》的样书，并收获了迄今为止最高一笔书稿稿费。以体己之心体人，朋友的心我最懂，所以鼎力相助，力促圆满。

一个名字在网上搜索了十几年，只因那人像一粒种子种在我十八岁的心田，如今早已长成参天大树，却不曾开花结果。拜网络所赐，终于有了那人的联系方式，怔忡之间，心生胆怯和恐惧，终究还是不敢打扰人家。时光是一条河，哲人赫拉克利特早就告诫我们："人不能两次踏进同一条河流。"只有让一切顺流而去，唯留美好在心间。记忆深处的青春之风，清纯暖心，不由得让人午夜梦回。

章诒和说："要走多少路才能找到自己的路？要遇到多少人才能找到最合适的那个人？"对于平凡如我，这无异于天问。

答案在风中飘。

写作感悟：

多少江湖游贩大声嚷嚷："走过路过，千万不要错过。"偏偏有时路过就是错过，甚至是永远错过。每一个过路人的每一次路过，都是绝版的风景。

内心的谣言

先来看一道脑筋急转弯题：十年前小明十岁，请问十年后他是几岁？

——哈哈，你不会告诉我答案是二十吧。

之所以对这题记忆深刻，不是说它有多难解多深奥，吸引我的是题干中的那个“十年”。光阴越十年，那是一段不长也不短的生命旅程。

《恋曲 1990》流行的时候，我边唱边回想：十年前的 1980 年，当时五岁的我在干什么呢？在时光的风影里，我时不时地回想十年前的今天自己在哪里？做了些什么？十年，是一个重要的人生节点。十年里，一个人会捣腾出多少事来，又会历经多少沧桑啊！烙进记忆深处的往事像陈年的酒，于人生的下一个十年发酵，香醇怡人，让人沉迷其中而不能自拔。

莫名地，喜欢听陈奕迅的《十年》：“十年之前 / 我不认识你 / 你不属于我 / 我们还是一样 / 陪在一个陌生人左右 / 走过渐渐熟悉的街头；十年之后 / 我们是朋友 / 还可以问候 / 只是那种温柔 / 再也找不到拥抱的理由 / 情人最后难免沦为朋友。”这是痴情男在风中低吟自己的十年情感路。第一个十年，越过陌生的河，抵达爱的彼岸，彼时，街道染情，时光涂爱，情深深，爱绵绵。下一个十年，他们在爱河中分手，“再也找不到拥抱的理由”，沧海桑田，令人扼腕长叹。《十年》里传递出的情感温度，是温热，而非通常的仇人式的暴烈、陌路式的冷酷。

真会如此温婉动人吗？只听说生意不在人情在，而感情注定不是生意，成不了恋人，做不成情人，容易走极端，变成敌人，甚至闹到鱼死网破。烽烟散尽，爱成往事，漠然是唯一的表情。人世间，恨有时是爱的另一件外衣，而漠然，才是图穷匕见，走到了爱的反面。

从这个意义上说，《十年》是陈奕迅用温情的回忆给芸芸众生编织的一个绚烂而虚幻的花篮，中看不中用，经不住爱的推敲。

有人说，判定一个人老没老，看他是不是老爱回忆。这一论断，我觉得站不住脚，至少在我身上无法印证。没错，我现在老爱回忆往事，怀念十年前相熟的人，想念二三十年来经历的事，回想那个时候自己做了些什么……以此为凭，就可以判断我老了吗？非也。早在十岁那年，有一次村小放农忙假（农忙时学校放七天假，让孩子帮家里做农活），一个人闲得慌，看日影移动，我居然热切地怀念小时候，那时不要上课，只是玩，多好！突然想顺着回忆之途，回到从前。你说，我那时就老了吗？——不要告诉我，是心态提前老了啊！谁信？

冷静地想，十岁那一次回忆，只因我对现实不满，恨不得农忙假像暑假那样放他三个月呢。我渴望什么事也不做，什么事也不去想，清风中，蓝天下，无忧无虑地过日子呢。

就这样迷恋上了回忆，像牛反刍那样咀嚼往事。终于有一天，我发现了一个惊人的秘密：每当我沉迷过去之时，正是我对现实不满之际。之所以要怀念往事，是试图以虚妄的过去为盾牌，来抵挡现实的种种压力、各种人事的酷烈攻击。如此盾牌果真有用吗？顶多有些心理安慰罢了。若是加大回忆的剂量，心理安慰就成了心理麻醉，影响由正转负。

美国恐怖小说大师斯蒂芬·金说：“回忆，是一种内心的谣言。”

是的，回忆的美好、往事的美丽，只是海市蜃楼、空中楼阁，不靠谱的；

是乱心之源，替烦恼助纣为虐；是惑众的谣言，只不过它源于回忆者的内心，影响也仅限于回忆者本人。喜欢白岩松说过的一句话：“人们声称的最美好的岁月其实都是最痛苦的，只是事后回忆起来的时候才那么幸福。”这是对斯蒂芬·金的“谣言论”最精妙的注解。

所谓回忆，就是坐着“谣言号时空穿梭机”，返回过去或痛苦或不痛苦的现场，还原当初或美妙或不美妙的情景，化往事为糖浆，用针尖挑一滴，让自己咂出些许甜味来，哄骗现在的自己开心。内心起谣言的本质是让自己在如烟的历史里，挖掘一线人生的幸福泉。这样的谣言，虽说不算是人生的灵丹妙药，至少不会害人。好与坏，就看你怎么看待。

写作感悟：

内心的谣言是世上最有正能量的谣言，故而，我有事没事，喜欢沉迷于回忆之海，偷着乐呢。亲爱的朋友，你呢，你有没有在内心的谣言那里，安妥过灵魂呢？

心之声

言为心声。

一个人不言不语，是心门严闭；一个人叽叽喳喳，是敞开心扉。

爱一个人，不必苛求太多，只要你张嘴与他说话。恨一个人，不是手起刀落解气恨，而是相对无言、漠然视之。

有人问，娶媳妇干什么？某地顺口溜是这样回答的——上床，吹灯，说话。

在我的老家，也有类似的答案——暖脚，哇事（方言，说话的意思）。

喜欢一个段子："最好的感情，就是找一个能够聊得来的伴。各种话题，永远说不完；重复的言，也不觉厌倦。陪伴，是两情相悦的一种习惯；懂得，是两心互通的一种眷恋。"

为了心的眷恋，我们不妨在烟火时光中，慢慢养成爱的习惯——张开金口，对你身边的人，对每一个你爱的人，说说话吧。打开窗户说亮话，打开心扉说知心话。

一个从传销窝里逃出来的熟人，解密传销蛊惑人心的"传家宝"，竟然是：说话。

传销人员说话像无量泉那样汩汩往外涌，无止无息，滔滔不绝。有个男孩，一年到头也没和父亲说过几句话；陷入传销后，对父亲说的话居然可以车载船运，多得不可思议。老父亲感动加激动，不由地就心动了，义无反顾地加入儿子的传销队伍，成了团队中的铁杆一员。

打击传销，我们通常的做法是宣传让人们警觉起来，抵制传销，不要思慕一夜暴富，不可贪恋不劳而获。这些固然重要，但更重要的是倡导家人之间、熟人之间多说话，知无不言，言无不尽。言语能传送爱的糖分，生活有了爱的甜，哪会在乎传销所声称的虚假的蜜呀。如此一来，他们的温情牌、说话术，就打不出效果来了。

家暴，是开在家里的恶之花，为人们所痛恨。反对家暴，让爱荡漾，成了全社会的共识。然而，比暴力更让家庭飘摇动荡的是冷暴力。暴力致肉体伤害，冷暴力直接戕害心灵。所谓冷暴力，即相对无言，不管你说什么，不管你怎么哀求，眼前的那个人就当你是空气一样的不存在，疏远你，冷落你，无声无息。

冷暴力是一座无言的冰山，暖风吹不进，暖阳照不到，那无边无际的荒寒，冷至心骨。

告别冷暴力，请张嘴说话，用话语回应话语，用爱回复爱，用情牵引情。

每年寒暑假，我都会一个人潜回乡下老家，看书写字，过几天隐居生活。乡村有炊烟，没有汽车尾气，有鸡鸣犬叫虫嘶，没有尘世喧嚣，有着红尘中难得一享、日渐稀少的宁谧。

世居的邻里乡亲见我回来，怕我闲寂无聊，时不时过来陪我说话，一支烟，一杯茶，东拉西扯。每每这时，我便坐立不安，心急如焚，心里计算着，有这些闲聊时间，可以多读几页书，多写几行字呢。他们念宗族乡情，也是一番好意呢，碍于情面，哪好意思狠心地下逐客令呀。

怪的是，告别乡村的隐居生活，返回城里后，看了多少书，写了多少字，并不在意，难忘的竟然是和乡里乡亲那有一搭没一搭的闲聊，备感温暖可人。人活于世，翻多少书，写多少字，对我来说，也许并没有当时想象得那么重要。有时，和乡亲闲聊更暖心窝呢。

说话说话，暖融如画。

写作感悟：

说话，为情铺路，替爱搭桥。让我们坦露心扉，坦诚说话，用言语之锤，敲开那一扇扇严实的心门，透出话语之馨香、感情之桔暖。

恐惧与陌生无关

假日，离城，一个人回老家写作，好几天都写不出一个字来，心烦意乱，便驱车去抚州市拜望好友、著名作家刘国芳。

写作多年，困惑一直如影随行，近年尤甚。见到国芳，我将心头烦恼和疑惑一股脑儿全倾诉出来。

国芳说："既然你想写长点的，完全可以尝试改变一下嘛！"

我有些不好意思地说："我怕。"

国芳鼓励道："怕什么？胆子大一点，勇敢去尝试吧！"

临别，国芳问："你认得回去的路啵？"

我说："到了剪子口就会走。"

国芳一遍遍给我介绍行车路线，听得我一头雾水。他一个激灵，突然反应过来，说："你不是有导航吗，跟着导航走嘛。"

启程前，知道小村无法搜索到，便在导航里输入母校马圩中学，信"车"由"导"，一个人开车从抚州市出发，返回故乡陈坊村。

不久，高楼大厦渐渐消失在后视镜里，满目是青翠的草树、低矮的厂房。小车越来越少，大货车像一座座移动的小山，从车两边来来去去。剪子口在市区，这显然是出城的节奏，离那越走越远。

走在这条注定能抵达目的地的陌生公路上，我心生恐惧，赶紧在路边泊好车，向国芳报告方位，请求指引一条通往剪子口的路。国芳说："你就一直走，到桥头直接左拐，不要上桥，沿抚河一直开，就是了。"继续前行，走的仍是从未走过的陌生道路，但心里的恐惧却好似风流云散，消失得无影无踪。

突然想起西方哲人说的一句话：陌生让人恐惧。

是如此吗？非也。

同样是不熟悉的风景和陌生的路，以国芳电话引路为界，之前忧惧如乌云压城低，之后心空则灿若千阳。在我看来，陌生并不导致恐惧。那么，当时我心头满盈的恐惧，从何而来呢？源自改变！虽有导航引路，但车在行进过程中，很明显，距离我心中的那个目的地越来越远。一个人偏离正常轨道，首先会感觉不适应，之后，恐惧便尾随而来，像一片浓云遮蔽视野，蒙蔽心灵。

是改变，而非陌生，让人心生恐惧，备感惊恐。

不信就回想一下恐怖片吧。现实中不曾有过的那些陌生的东西——无头人、无脸鬼、异于人形的各式各样的鬼魂……都不是人们的恐惧之源，真正吓得人胆战心惊、魂飞魄散的，往往是那些熟悉的场景——卧室、卫生间、地下铁和百货商场等。在熟悉的风景里，像楔子一样插入迥异于常的人事，还有谁能镇定自若、不恐惧至极的呢？

就这样，改变了恐惧之源。

人之初，已知恐。二三岁的孩子见生人会本能地躲避，被生人抱在怀里，大都会哭闹不安，人称"怕生"。这似乎给西哲经典之语"陌生让人恐惧"做了最佳的注脚。其实不然，孩子不是怕陌生人，而是对于突然而至的改变来不及做心理准备，因为孩子已然适应了抚养自己的亲人，他的模样、气息、抚摸的力度和温度都印刻在脑海里，突然这一切都不见了，不哭不闹才怪呢。孩子怕的不是生，而是非常态取代常态的变化。

如果有一天，非常态也被孩子接受了，照样不会害怕。

这个世界唯一不变的，就是变化。一个人如果经受不起恐惧，那他就无法适应世界的变化和变化的世界。心有恐惧而退缩，结局就是回归老路旧途，生活一成不变，日复一日，重复单调曲，重念无聊经。感到恐惧而进击，在全新领域努力探索，不屈地奋争，人生之途便会更宽广，生命之旅就会更有意义。

不在恐惧中沉沦，就在恐惧中新生。面对这个二元选择，你会勾哪个呢？

每一次恐惧来临，皆源于非常态的人生；每一份恐惧的生成，都是上天赋予人们磨练意志和锻造心性的机会。恐惧，往往让人难堪和不堪，却兀自潜藏着如此强大的力量。

与陌生无关的恐惧，是一条通往成功的路，成就旷世奇才。有句口号是这么说的："变则通，通则久。"一个人接受恐惧的煎熬，在变通的人生路上，才会走得更久远，看遍更多的人生丽景。

回到故乡陈坊，回味好友国芳的劝导，我扪心自问："你还怕吗？"

答案在心空飘荡："不怕了。就让恐惧给我力量，伴陪我一起飞翔吧！"

写作感悟：

今天回想起那次行车，恐惧如电袭来，让人莫名地紧张。每一次恐惧来临，皆源于非常态的人生；每一份恐惧的生成，都是上天赋予人们磨练意志和锻造心性的机会。恐惧，往往让人难堪和不堪，却兀自潜藏着如此强大的力量。

因为懂你，所以信你

追看一部日剧，有个细节过目难忘。剧中男女主人公，爱情花枝出墙开，步入情之旅，一路跌跌撞撞，他们初尝爱的甜蜜后，迎面而来的是绵绵不绝的苦痛，以及被现实逼迫的无奈，于是，他们逃离尘世，在蝉鸣的乡间，享受这来之不易的二人世界。

爱要正大光明，心要澄澈通明，像鸵鸟那样一味地躲避在如画的景致里，贪恋短暂的合欢，终究不是办法。他们商定由男人回城，替女人出面，荡平爱旅中的重重障碍。

临别，男人说："我周末（三天后）回来，约好了。"然后，取下鼻梁上的眼镜，递给她。他是低度近视，不戴眼镜，不会影响生活。女人笑问："这担保吗？"男人郑重地说："等我回来。"女人握着男人的眼镜，认真地应答："好。"

他送出自己的眼镜，是想告诉她，爱情世界里，你是我的眼；她收妥爱人的眼镜，点头微笑间，给他传递这样的信息——我知你的心。

这部日剧以"毁人三观"而闻名天下，但这副眼镜传递出来的信息，却让我看到人性深处闪烁的诚信之光，那是他们的爱的起源、情的根基。姑且不论这对相爱的男女结局如何，但他们把爱的承诺、对爱人的信任，寄托在一副轻薄的眼镜里，真是上天赐予的神来之笔。这足以让人感动落泪，因为诚信的力量、希望的所在，弥足珍贵。

相爱的人可以用不值一提的眼镜来质押诚信，那陌生人呢？这让我想起刚进城上班的时候，和一对陌生夫妻遭遇的摩擦。

那天，我骑一辆除了铃铛不响其他到处乱响的旧自行车上街寄信，从抚河南路拐入站前西路，刹车不灵，停车不及时，不小心挂到一位妇女。女人的丈夫护在她身边，恼怒之际，紧紧地抓着我的肩，怒眼圆瞪。这个戴金线眼镜的男人，斯斯文文，没想到也会这般粗鲁。多年以后，当我也成了准爸爸，才算真正理解了男人当时的冲动与鲁莽。我撞的不是一般的人，而是一位准妈妈。在确定没有伤到肚子里的宝宝、只是一般的皮外伤后，男人平静下来，松开手，语气和缓了许多。

最后，我们达成一致意见，我赔五十元了事。这笔钱搁现在不算什么，但当时，我一个月的收入也就三百元多一点，对我来说，不可谓不重。问题的关键不是赔偿的多寡，而是我压根就没带那么多钱，口袋里只有八毛，买邮票用的。

无奈之下，我提议让男人跟我回单位去拿钱。他不同意，准妈妈也反对，他们恩爱得像是一刻也离不开对方。我没辙，只好从车篮子里拿出那封信交给他们，真诚地说："我是老师，信封下面是我单位的地址。你若相信我，先压着这封信。你把你们的地址告诉我，我回单位取钱，回头来赎信。"不可思议的是，这对夫妇竟然同意了。

信你，哪怕是一封不值一提的信， 也信；不信，就是一个装满钞票的信封，也未必能让人悬心落地。

听惯了人们用所谓的人格来保证，也听腻了有些人用自己的人头来担保，这样信誓旦旦，敌不过情人间的一副眼镜、陌生人手里的一封信。

拿什么质押我们的诚信？抵押品不是问题，问题是日渐倾覆的人心。

人家不信你，任凭你掏出再贵重的物品，亮出再高贵的精神，依旧难以取信于人。人家若要信你，寻常一物，淡淡一语，足矣。人到中年，越来越喜欢木心的《从前慢》：“记得早先少年时 / 大家诚诚恳恳……从前的锁也好看 / 钥匙精美有样子 / 你锁了，人家就懂了。”

因为懂你，所以信你。

写作感悟：

懂，在信之前；懂你之后，才会信你。一把锁、一句话、一封信、一个眼神、一副眼镜……因了懂你的心，就那么瓷实地信了，世上再无他力，撼动这颗信赖之心。

掀开那块蒙住心灵的布

那是八年前的事了。

那天，在国美买了一款数码相机，在回家的路上，欣欣然，拍下沿途的城市美景。到了家里，也抑制不住内心的兴奋，掏出相机来，镜头对着家里的角角落落，对着母亲和妻，快门按了又按。在相机液晶显示屏上，我看到了画质清晰、色彩艳丽、晶莹透亮的一帧帧彩照。忙乎了大半天，打开电脑，将数码相机连上 USB 端口，我把所有自拍的“得意”之作全上传到电脑。

打开图片，我傻眼了：显示在电脑屏幕上的照片，一张一张灰蒙蒙的，如入夜时分的鸡，眼睛所能看到的世界，一切都是那么灰暗，如蒙了一层黑布，光线全阻挡在外了。

这究竟是怎么一回事呢？肯定是相机的问题！我不假思索地得出这么一个结论。

国美的原则是，如果售出的电器有质量问题，七天之内，包换包退！我才刚刚买来一天，离最后期限还有几天呢。我想尝试在阳光下拍照，以验证最终效果。毕竟，跑去商场换货，自己也心烦啊。

这是一个冬日的午后，太阳正好，暖融融的，有春天的气息。我下楼到小区花园里，拍冬日的红花，拍碧绿的香樟，拍阳光下铺展得宽大香艳的各式花色的棉被。在手动调节状态下拍了，用简单模式（全自动傻瓜式操作）也照了，所有的一切，都指向相机潜藏着重大的质量问题！

再一次把数码相机里的照片上传到电脑上，问题照旧。相机液晶显示屏里效果好，而电脑显示屏上却是暗无光线，画质差到极点。我认定了买来的这款数码相机存在严重的质量问题，不换自己便要吃大亏了。

在去国美退货之前，我按说明书上的指示，把数码相机里的照片和连续照片（视频）上传到自家的电视机上，除了分辨率差一些，效果还不错，画面透亮，色彩艳丽。事已至此，已无法消除我对这款数码相机的深重疑虑。

当即赶往国美，与柜台导购小姐交涉，她的态度非常好，答应只要验证的情况如我所述，退货换货由我选择。她拿着我的相机，在商场内拍下几张光线欠佳的室内景，然后，把我所有的照片上传到隔壁电脑专柜的展示机上，屏幕显示的结果与我家电脑上的截然不同，画面清楚，光线好到让人无法挑剔的地步。

我惊问："怎么会是这样？"

导购小姐摇摇头，说："我也不知道。你现在也可以看到，没有你所说的那种问题。"

我听明白了她的意思，不必再换了，我再纠缠人家退换货，确实有点不厚道了。这时，我想起以前电视台的同事来，他们精通视听产品，对这个问题，也许他们能给我一个合理的解释。电话打到摄像师朋友那儿，把病症给他说了。那头，他大笑起来："现在的相机肯定不会出这么弱智的问题。问题一定出在你家电脑的读图软件上，你没有把它调试好。你回家再调一调，就好了！"

其实，照片上传到电视机上，我看到的一切都确凿无疑地把我的怀疑给粉碎了，电视能逼真地显示，而电脑却不能，再归咎于数码相机，真是冤枉它啊。

沉静良久，我固执地认为，问题不出在我家电脑的读图软件上，而是自己的内心。

无论何时何地，我们怀疑别人易，怀疑自己难，让别人承担易，让自己承担难，甚至，为一己之利、一己之便，可以搏命去争取。凡此种种，是心灵被一层名叫自私的黑布蒙住了罢。掀开那层蒙住心灵的布，我们的境界、我们的心胸，就会跃上新的层次、新的高度。没有那层布蒙住，我们的心胸豁达，淡定、开朗和真诚会长久地伴着我们，快乐也会如影紧随的。

写作感悟：

信自己容易，信别人难；原谅自己容易，原谅别人难；指责别人容易，指责自己难……为何人都喜欢如此“双重标准”呢？只缘放不下，放不下面子，放不下到手的名与利。等有一天，一切皆放下，自然言善心暖，由此，那块蒙住心灵的黑布，自然就揭掉了。

奇异的微笑

朋友从网上给我发来一张视频截图，乍一看，是一个女人的笑脸，细一看，感觉那女人不像在笑，再仔细辨认，疑云散尽，这不就是一张笑脸嘛！看一张截图，历三重心境，与宋代禅宗大师青原行思对参禅境界的领悟颇为神似：“看山是山，看水是水；看山不是山，看水不是水；看山仍是山，看水仍是水。”

朋友问我看到了什么，我脱口而出：“笑脸！”他回了“呵呵”二字，然后发来视频链接。我好奇地点开一看，不由地惊呆了——这女人哪笑了呀，分明是在号啕大哭。疑惑来了：这哭的笑，笑的哭，像哭实为笑，又哭又笑的，到底是什么表情呀？

迷惑了很久，终于在米开朗琪罗的传记里，找到了答案。这叫“奇异的微笑”！

米开朗琪罗是意大利文艺复兴时期著名的画家、雕刻家和建筑家，从小就有惊人的艺术天赋和顽强的意志。父亲不同意他画画，施予打骂，让他吃尽了苦头，但他毅然决然地拿起画笔，描绘人生新天地。

16 岁那年，米开朗琪罗创作出浮雕处女作《阶梯旁的圣母》，他的“过度琢磨”的技法使得整个作品充满厚重的质感。作品一经推出，广受好评，师傅贝托尔多为有这个天才徒弟而感到荣耀和幸福。

不久，米开朗琪罗又推出新作《山陀儿之战》。师傅看后疑点重重，颇不理解，自感来日无多，便要抓住最后的机会，给他最后的艺术开示。

贝托尔多指着《山陀儿之战》问：“你这半人半马的山陀儿怪物，怎么走出了神话世界，与希腊人扭打起来？”米开朗琪罗俏皮地回答：“连我自己都分不清这怪物是男是女。”贝托尔多谆谆教导：“孩子，一个人无论是在最痛苦还是在最快乐的时候，都会出现一种奇异的微笑。人的面容有时是这个世界最复杂、最无法解释的。”

米开朗琪罗点点头，心领神会。

第二天早晨，师傅贝托尔多没有睁开眼睛，安然辞世，唇边那奇异的微笑是他留给这个世界最后的馈赠。这道浅笑暗藏的艺术密码，是师傅对米开朗琪罗的最后教导。

中国有一句古话：喜极而泣。一个人的高兴值随刻度慢慢攀升，即将爆表的时候，情势急转，悲伤不请自来。悲喜交加、悲欣交集之际，人的面目会含有什么内容呢？中国还有一个成语：否极泰来。人被厄运缠久了，只要坚持下去，总有一天会把它甩开，幸运随之降临。在逆顺境交织的时刻，人的脸上会有什么表情呢？

对，就是奇异的微笑！

高扬的眉毛上浸染了岁月的纹路，有阳光也有阴影；唇边奇异的微笑，像狂喜又像极度悲伤。一个人经受最大的痛苦，或者享受巅峰的快乐，面容上都会露出这种微笑。两个不同的世界，两种迥异的境遇，竟然那么和谐地融合在一起。正如西哲柏拉图所说：“在基本平面上是分离的，在尖顶上则是统一的。”

一位学生家长因病在南昌住院，我抽空到医院看望。她四十多岁，看上去气色不错，精神状态也佳，完全看不出是血癌晚期。我安慰她，鼓励她，然后掏出一个信封递给她，里面是几百块钱。她百般推拒，最终还是收下，说：“老师，太谢谢你了。你来看，我就很感谢你，你还送钱呐！”那一刻，她的脸上漾起奇异的微笑，看得我直想落泪。

七天后，学生发短信给我：“我妈妈没了。”

握着手机，我感到冰凉袭遍全身，脑海里闪出一道光，光亮中央是她那奇异的微笑。

写作感悟：

在人生悲喜的两端，在生活苦乐的两头，人们的嘴角都会挂着一丝奇异的微笑，就像我看到的视频中女人的“笑脸”，就像老贝托尔多最后的“遗笑”，还有我的学生的妈妈病中的面容。哭的笑，或者说，笑的哭，是人在命运的旅途中，对人生对生活最真实最不可思议的表达。

你笑，世界也笑

有位美丽的女孩，清纯的脸蛋，苗条的身段，长长的秀发，笑起来像甜糯一样黏稠。天妒红颜，她打小就有听力障碍，戴上助听器才勉强能听见自然之声和人间之音。西谚云：上帝为你关上一扇门，一定会给你打开一扇窗。听不清世界的她，却有一双灵敏的眼，捕捉世间的美，观察人间的善。她爱摄影，用相机延展自己的视觉，放大世界的美丽。

那年暮秋，她一个人背着摄影包到一座陌生的小城，慕名前往一处古桥，拍落日古意。打车赶往郊外，架上三角架，取景，调色，感受光影，静候最佳时刻。终于拍到了满意的片子，收拾好器材，却发现打不到返城的车。别说车辆，这荒郊野外，连个人影也难看到。

就在她孤立无援的时候，来了一个骑摩托的人，她像见到了救星一样，挥手示意，想搭他的车回城。

骑车人一看就不像好人，她却不这么想，把他拦下后，露出舒心的微笑。因为听力障碍，她的声音偏大一些，似乎是在冲他大叫："你好啊！可以带我回城里吗？帮帮忙吧，刚刚拍照片，太晚了，都打不到车了。"那小年轻不怀好意地上下打量她，她不惧不羞，面含温婉笑意，直视着他。过了好一会儿，他说："上车吧！"她不管不顾，就上去了。

离开小城前，她在当地的电视新闻里再次看到了他，那个从古桥带她回来的男子，因为持刀抢劫被捕。他抢的只是一部手机，比她的相机便宜多了。

听完她的讲述，我问："知道他因抢东西被抓，你有后怕吗？"

她笑笑，坚决地回答："不怕！世上还是好人多啊。"

我说："你不怕他抢你的相机吗？"

她说："就算他是坏人，我想他心底也存着善良吧！"

她的笑像五彩云霞，绚烂多姿，是美之源、福之泉。她是一枚笑果，笑让她与人更加亲近，让她逢凶化吉，更让她与众不同。

你笑，世界也跟着笑；你简单，世界也随之简单；同理，你如果复杂，遇事逢人斤斤计较，那么世界也会与你斤斤计较，变得错综复杂。从某个角度来看，你就是世界的化身。所以，特别喜欢卢新宁先生在北大中文系毕业典礼上的致辞："不用害怕圆滑的人说你不够成熟，请记得：你所站立的地方，就是你的中国；你怎样，中国便怎样；你是什么，中国便是什么；你有光明，中国便不再黑暗！"

你是什么，世界就是什么。因为，你一笑，世界也跟着一起微笑。

写作感悟：

我是个悲观占上风的人，哪怕这样，我也知道笑的重要。因为，你笑，世界也跟着笑；你简单，世界也随之简单；同理，你如果复杂，遇事逢人斤斤计较，那么世界也会与你斤斤计较，变得错综复杂。从某个角度来看，你就是世界的化身。

栀子花的清香

闲来与一位文友聊天。

写作十来年，他发表的文字也有几十万字了，一直想出版一本自己写的书，却屡屡受挫。花了不少功夫，编辑好两部书稿，四处找出版社却碰壁，联系文化公司也受冷遇，还受气，心里不好受。这样的“礼遇”，我也享受过不少，对文友的遭遇感同身受，用宽慰鼓励之词，聊以温暖他荒寒的心。

朋友置之一笑，风轻云淡，伤过无痕。看来，我低估了他的抗挫能力了。他说：“这些都没什么的。最让人受不了的，是我一个非常要好的朋友，他开了一家文化公司，出版了不少书，看了我的书稿后，居然断言，这样的书肯定没市场，不走自费出版，永远也别想出。”

一语如电击中要害，他晕在那里，一直没缓过神来。书稿被要好的朋友退了回来，他的心也随之沉入深深的海底了。但他一直没有放弃写作，一直保持着对文字的热情和亲切。

写东西的人，大到世界顶级作家，小到黑板报的供稿者，没经历过退稿，是不可能的。退稿的原因五花八门，有文笔所限，没达到发表水平，也有投稿不对路，文风不对，气场不接……诸种情况横在那里，作品自然发表不了，出版受阻。

稿子被退，而心志不退，方有成才之可能。正如诺贝尔医学与生理学奖得主巴里·马歇尔所说："一旦选定了一个适合自己的目标，就要坚定不移地走下去。每个年轻的科学家都会收到退稿信，并因此感到羞愧、沮丧。我的建议是，把退稿信保存在抽屉里。有一天，当你通过艰苦的努力证明你是正确的，就可以拿出所有的退稿信说，是他们错了。"

写到功成的那一天，自然有底气理直气壮地说："不是我无能，是他们看错啦！"

前不久，那位文友传来好消息，他的书稿被一家书商相中，以千字五十元的价格签了出版合同。拿到样书后，他签赠了我一本。抚摸着文友漂亮的新书封面，我对他说："你应该送本书给你那个要好的朋友，并且告诉他，新书出版了，不但不是自费，还得到了一万块钱的稿费呢！"文友淡然一笑，说："那位朋友本无恶意。他提出的那个看法是依据市场而做的判断，我不怪他。他的话也许有些难听，对我来说，其实也是一种鞭策。其实，我要感谢他的打击。"

朋友所言，令我吃惊不小。

细细想来，朋友的心态恰当而美好，受了打击，他不埋怨不气恨，而是心存感恩。稿子被退，但对写作的热情没退，退稿不退心。他对自己热爱的写作做长久的坚守。这是一种傲人的姿态，上天也会成全他。

不是对每一个给我们打击的人，都要用愤怒和怨恨去回报。成功之后，切不可对每一个给我们设置过障碍的人用嘲讽去回应。人生路上的打击和障碍，有时是壮大我们的营养液、考验我们的试金石。文友的言行让我想起小时候老人说的一句话："你用脚去踩栀子花，栀子花将清白和清香留在你的脚上。"

包容恒存于心，清香环绕左右。

写作感悟：

别人在踩我们的时候，不要气馁，不要绝望，而是留清白和清气在人家的脚下。当我们成功了，不妨心怀感恩，向对手甚至敌手深深鞠上一躬。愿留清白在心间，愿予清香于对方。

乐观地去错误

R 先生是指引我人生方向的良师。他是我初中的语文老师，有一次，在课堂上夸赞我的作文，让我一如鸿蒙初开，决心投入写作中去。那十足的劲头，现在想来有些可乐，当时却是让人激情澎湃。从那时起，我像是搭上“梦想号”邮轮，一路乘风破浪。

写作是与寂寞同行、与滞涩共舞的苦差事儿，感觉像是在刀锋上行走。庆幸的是，一路还算顺遂，至今仍对文字保有一颗虔诚的心，对写作的追求不曾懈怠，算是对得住当年 R 先生的鼓励，无愧于他的期待。

那一年，我得了一个写作上的小奖。一册粗陋文字居然获奖，深感意外。主办方通知下来，我首先向 R 先生报喜。他高兴之际，竟脱口而出：“领奖那一天，我一定亲自到场祝贺！”我说：“谢谢，口头祝福就行，没空就不必白跑省城一趟。”以为他是礼节性的说词，没承想那天他真来了，并且比我先一步赶到颁奖地——江南名楼滕王阁的宴会厅。

颁奖场面之隆重、规格之高，超出我的想象，市领导、省作协和中国现代文学馆的领导，外加数十位海内外著名华文作家近百人，济济一堂。我只是大海里微不足道的一粒沙，缩在会场宽大的真皮沙发椅的最后一排，激动得不知所措，一开口，往往言不及义。

获奖者亲友及工作人员坐在比我更靠后的简易木椅上，R 先生和我的妻子并排而坐。颁奖大会开始前，我将手里的相机交到妻手里，嘱咐她在颁奖的时候，拍几张照片留念。妻礼节性地推让给R先生。恩师手握相机，一脸的使命感，说："我一定好好照，多拍几张！"又认真地问了我如何开机关机按快门。

站在领奖台上，各路记者长枪短炮对着我，光闪频频。我看到R先生抓举相机，不停地变换不同的姿势，虔诚而富有激情。我面带微笑对着他，冲着他手中相机的镜头……望向一片闪光灯，打心底感谢恩师当年一语点石成金，感谢他现在的操劳。

仪式结束后，恩师把相机还给我，脸色绯红，表情拘谨，像当年我们犯错被他训斥一样。他说："不好意思，照片没拍好，手抖动了。没拍好，唉！"失去的不会再来，我能怎样呢，连连宽慰道："没事的，没事。"R先生不停地自责："不好意思，不好意思。回去后，我要好好学习一下摄影技术，提高照相的手艺！"我说："不要太在意啦！"

R先生失手，我嘴上说没事，心里多少有些不悦。我非圣人，淡泊名利还没到高尚的境界。恩师定是猜想我有此感受，才忙不迭地道歉，不由地对他又多了一分敬意。

第二天，省市各大媒体都有大幅照片刊播，从记者朋友那里要到了几张非常满意的照片，对R先生的失误就真的不在意了。怕恩师还自责，我打电话告诉他要到了现场照片。

过去就过去了，万里无云万里天。偶然浏览R先生的博客，看到他拍的照片，角度、色彩和构图都很讲究，有专业的范儿了。原来他说的"回去一定要好好学习摄影技术"并非敷衍我，倒是实实在在付诸了行动。他没有原谅自己所犯的错，苦学摄影，惩戒自己。

R先生惩罚自己，居然惩出了不起的成绩。为拍摄一座乡间古桥，他多次早起赶去，等待合适的光线长达十多个小时，最终拍到满意的片子。此作在某次摄影作品大赛上折桂后，一位著名诗人还专门为此图配诗。欣赏那些精美的照片，我对R先生的钦佩之情油然而生。

那个小小的错误是根引信，引爆R先生内心的原动力，他由此获得启程前往成功彼岸的通行证。这让我想起一则西谚：“从错误中学到的东西，往往比从美德中学到的东西还要多。从错误中汲取成功的营养，是对人生的敬重，是成功的阶梯。”常听人说，失败是成功之母，其实，成功往往是由一些错误孵化而来的。

老舍在《猫城记》里有一句话：“经验多数是‘错误’的儿女，我只能乐观地去错误。”这种对待错误的态度很有意思，也颇有建设性。泰戈尔也说过：“如果你对一切错误关上了门，那么真理也将将你关在门外。”错误的儿女是经验，经验能引领我们走向成功。不要怕犯错，这是取得进步所必须交付的学费，经验的邻居是成功呢。

写作感悟：

错误是一扇门，推开它，我们有时能看见真理，望到经验，瞄到成功的身影呢。听，成功正踩着错误的鼓点，一步步向我们走来。

拇指思维

手机E时代，我用异样的眼光打量五指当中那个一直以为没多大作用的拇指。风水轮流转，今到拇指家，这是它的时代，老大哥的做派有风云独霸天下的气势。

印象中，拇指的作用无外乎两样：夸人和画押。竖起大拇指，是NO.1，按下大拇指，那是承诺。信息社会，信息为王。键盘放大了拇指的作用，像开了光的佛珠有了神性的光芒。

拇指首先拿馨香多年的书信开了刀。

十几年前，于我而言，电脑还是相当稀罕的家伙，手机不叫手机，叫大哥大，尚处于"小荷才露尖尖角"的启蒙阶段。那时，我每月都能收到十几封信，墨里有情，笔迹含意，拆阅一封封信，温婉如诗，醉人大美，无以言表。而今，书信早已沦为不入流的老古董了。

一直抵制着手机短信。我那老式的2G功能手机，发起短信来，那是相当费事，很是烦人的。被人知道我居然连短信都发不利索，那眼神，说得好听一些，仿佛看我是外星人，说贴切一些，简直当我是动物园里的猴子。早落伍于时代了。

说明事情之简单明了，有句话是这么说的——用脚趾头都能想得出来。现在，遇事不论简繁，过脑子都嫌累，用脚趾头也不现实，统统找拇指代劳，例如，专属于拇指的发短信息。短信好啊！免去打电话人家不接或者电话里不好意思说的尴尬，也省掉了书写邮寄等麻烦。过年过节更简单，随手找来一条现成的祝福短信，群发出去，一个人都不得罪。

干掉了书信还不过瘾，拇指又生生地把温暖的人际简单化、陌生化、无情化……拇指代表了问候，拇指替换下走访。当年，人和人一杯茶一个雨夜地闲聊；现如今，是拇指和拇指通过虚拟的电波信号在缠绵。

拇指强大到试图染指一切。你不能否认，它居然得逞了。有人说，人类一思考，上帝就发笑。曾几何时，人类时常听见上帝在发笑，那是因为我们在不断地思考，甚至有人曾断言：上帝如果也会死，那一定是笑死的。现在好了，你不用担心上帝会笑死了。因为，人类不再思考，已然交由拇指来完成，上帝不会再发笑了。

上课的时候，我问会计班的学生：一吨货物300万元，公司总计需要32吨，如果先期付款10%，请问公司要准备多少钱？只见同学们一个个掏出手机来，拇指在键盘上飞舞，机器演绎着一场生动活泼的龙飞凤舞秀。没有学生用笔在纸上演算，更不用想他们心算了。

心算这一高难度的游戏，对他们来说实在是勉为其难了。我对财经专业的学生说：“当年我们若想毕业，就必须取得三级珠算等级证书。”同学们显露惊奇之色。某同学冷笑一声，反问：“珠算有计算器快吗？”尴尬，已无法用对牛弹琴来表达了，就像飞鸟与鱼了无交集的可能。

懂行的人都知道，珠算加心算，其速度是计算器无法能及的，特别是加减法。人们不管这么多。心算多累，多费脑，慢就慢点，不想累，不愿意用思考的方式折磨脑细胞，一切就用拇指代替吧。学期末，我给学生的试卷总分，也掏出手机来，用计算器演算。

曾给学生布置一道写作题，写“我的家乡”。交上来的稿了，虽然是用笔写在纸上的，但一看就知不是自己写的，拇指劳苦功高啊。讲评作业时，我说："同学们笔下的家乡，不是自己的家乡，而是用拇指将自己的家安在'百度'里。"如此私人化的感受、个性化的东西，居然会写成千篇一律的家乡的方位人口自然气候风物特产等方面的情况汇报，真难为他们了。感谢信息时代，感谢拇指代劳，让我领略到千家一面、千乡一色的世界奇观。

大学生如此，世上其他人呢？有多少人提笔之前要请拇指来帮忙，上网先搜索一番？又有多少人用拇指点点点，完成复制粘贴删节调整等一系列程序之后，一篇惊世大作就 OK 了呢？

法国哲学家帕斯卡尔说："人只不过是一株芦苇，是自然界最脆弱的东西；但他是一株能思考的芦苇。"会思考的芦苇，到了拇指时代，生生把思考给省略了，只做一杆纯粹的芦苇好了，随风起舞，任雨击打。

"元芳，你怎么看？"一句无厘头式的问句，突然爆红网络。为什么会这样？不妨听听元芳的回答："大人，我觉得此事有蹊跷。"其实没什么蹊跷，这是拇指时代的必然。

电视系列剧《神探狄仁杰》中，狄大人遇事办案，会习惯性地问李元芳："元芳，你怎么看？"是对他的尊重，亦为广纳民智，誓将每一案办成铁案。李元芳作为狄仁杰的卫队长，武艺过人、性情忠烈、思维缜密而细腻，逻辑思维能力超群，理当受此重用和信任。

然而，红透网络的"元芳，你怎么看"是这个时代，集体无意识地卸下思考的担子、无思亦无忧的表现。

我不思考，我有我的拇指全权代表；我不思考，越简单越快乐越妙；我不思考，你怎么说就怎么好；我不思考，开开心心活到老；不思考，不思考，我就不思考……

拇指时代，快乐也很简单，韩国"鸟叔"的一曲《江南 Style》（韩语：

강남 스타일，英语：Gangnam Style）没有任何征兆地迅速传遍全球，红透罩着人类的所有天空，着实让地球人大爽一把。据说，此曲一经上传至YouTube网站，短短两个月后，就收获三亿人次的天量点击，吉尼斯世界纪录表示《江南Style》在YouTube得到460万次网友点击“喜欢”，成为YouTube历史上获得最多网友“喜欢”的MV影片。

《江南Style》给人的第一感觉就是简单。第一次在网上听，就觉得这么简单的歌，怎么会迅速在欧美走红？没过几天，和朋友K歌，大家一起跳“骑马舞”，欢乐爆棚了。

那一刻，感觉我和我的朋友成了一根根拇指，和着嘻哈旋律，在时代的键盘上，快乐无忧地跳着、跳着，跳成了一根根风中的芦苇，回避甚至拒绝思考。

写作感悟：

在这个时代，我们迎来了“互联网+”，网络完全嵌入了人类生活，甚至思维也离不开它。顺从指尖，还是顺应心尖，成了时代的难题。此后多年，再回顾现在的矛盾与尴尬，也许，会是另一番风情吧。

第二辑

不去打扰

在爱的怀抱里休憩

尝遍岁月沧桑，阅尽人世浮华，难免要落满一身疲累，一抔感伤。觅一处安静地，放下所有伪装，休憩，调整，成了心灵的必要。

也许，每个人心里都有原乡情怀。故乡是人生的出发点，也是生命的归宿。偶拾空闲，我会一个人回到收妥我童年和少年旧影的家乡，让清风抚平心头的郁结，任阳光驱散累积于心的潮湿和阴暗。有羞怯涌来，更多的，是惬意畅快。

宁静的故乡有大爱，我喜欢在爱的怀抱里休憩，像一个摇篮中熟睡的婴儿。

在一篇小文里，我记述了一次夜行遭遇，一个女子坐在车道上大哭……思虑良久，有了顿悟——她哪里是在哭泣呀？不过是，在水泥森林里休憩罢了。

德国有一句谚语："走进森林吧，像个受伤的动物，把自己藏起来，它自痊愈。"

红尘中，每一个旅人都像受伤的动物一样，在某一时分、某一地方，在某一个事件后，在某一个人来临前，以休整的方式，将自己隐藏起来。

隐藏在大爱的森林里，歇歇脚，喘口气，好继续上路。

人这一生，无一不是寻找属于自己的"大爱森林"。可能是收留你的那个地方，也许是人生中必定相逢的某一个人，是一段记忆，或一件往事，也有可能是一次无忧的睡眠、一场可以放下一切的欢喜……总之，在这个森林，有爱可以休憩，有湖能照见心灵。

看过一个视频。一个孤儿院的孩子，用粉笔在地上涂画，费尽心力完成了一幅巨画，然后，静静地侧躺在自己刚刚画过的地方，像温顺的小猫一样熟睡。他画的不是别人，而是在战争中死去的妈妈；他躺的位置不在别处，而是“妈妈”温暖的怀抱。

看到结果，泪再也控制不住，想大哭一场，为这个失去妈妈、没有怀抱的可怜孩子。

在爱的怀抱里休憩，是多么幸福的事啊，可世上偏偏有那么多人，包括众多无辜的孩子，找遍世界，也寻不到一处可以休息的怀抱，于是，那个孤儿手绘一个“妈妈”。我驱车一百多公里回到故乡。

写作感悟：

找一个怀抱，让爱包裹自己，让自己幸福地休憩，是内心的驱动，具有生命的意义。

父亲的夏日汤

这是世上独一无二的汤——父亲的夏日汤。

江南三伏天，酷热难耐，人像是被困在蒸笼里。这样的天气，农人却要在太阳底下忙东忙西，忙个不停。每每见到父亲从田地里回来，一身汗湿，衣服没有一根干纱。每到饭点，父亲打个赤膊，前胸后背像是点缀了片片鱼鳞一样，挂满清清亮亮的汗球。回到家里，父亲做的第一件事，是去厨房端起钢精锅，大口喝稀粥。

吃饭的时候，粥早已被喝得底朝天，父亲于是去端起大蓝边碗，咕嘟咕嘟喝汤。

现在想来，父亲喝的不是汤，点点滴滴都是辛酸。

父亲的夏日汤，不图味美，不求营养，只贪两样：辣和凉。那时候，乡下不通电，没有冰箱，凉的唯一来源只有水井。要喝汤，父亲先叫我的姐姐们去井里吊沁凉的井水。村里有两口井，父亲一定会嘱咐姐姐去下屋那口，那井水才冰呛得够味。

井水，是汤的底料。至于辣呢，父亲不用辣椒粉，而是端出一个腌缸来，夹几根菜梗放入凉水，嫌不够咸，再加点盐，又要保证味之鲜，就放少许味精。一钵清凉的鲜辣夏日消暑汤，就这样大功告成。

望着没有一丝油花的粗汤，父亲用筷子敲敲碗沿，自嘲：“这可是世界上最美味的汤！”还别说，我居然被父亲逗引得心眼痒痒的，恨不能喝上几口。父亲却不许我碰那汤，一人独占。

现在想来，父亲这样做，还是为我好，重盐、凉水、腌菜梗，对一个正在长身体的孩子来说，都是有害无益的东西。虽说父亲只是一个地地道道的农民，但还兼任村小民办教师，在村里算是显赫的文化人，这些道理，他懂，所以，禁止我碰他的专利汤，把母亲以真材实料做的丝瓜汤，推到我面前让我喝。

有时候，母亲怕喝太多凉水闹肚子，会力劝父亲用开水打汤。那时，父亲相当不情愿，在他看来，等一碗汤凉，实在不是一段美妙时光。

一年最忙最累在夏天，父亲超负荷劳累，到头来，居然只靠一碗夏日汤来解乏。

真的不敢想象，当年为何那么穷。就拿绿豆汤来说吧。现在，夏天喝一碗绿豆汤消暑，是再平常不过的了。但是，那时候，虽然家家户户都在自家的菜地里种了绿豆，但没有哪家会奢侈到做一锅绿豆汤，顶多在粥里洒几粒，能喝上一碗绿豆粥算相当不错啦。那么，自家种的绿豆都去哪儿了呢？当然是集市。卖掉，换几个小钱，贴补家用。

父亲是庄稼的勤务员，田间地头勤看护，风里雨里去保护，及至颗粒归仓，把它们一一送至粮站或者集市。

一碗举世无双的夏日汤，那盈盈的瘦汤汁，映出了父亲生活的不易、耐苦、乐观。一晃父亲离开我们已整整二十年了，每每蝉鸣来炎夏，我都会情不自禁地想起父亲的夏日汤。

这不是一般意义上的美食，已然成了我的精神图腾，让我敢于在困难面前抬头，在挫折到来时挺胸，在大山压顶之前仍能保持37℃的微笑。

我没喝过父亲的夏日汤，但它却滋养我的灵魂，从开始到永远。

写作感悟：

父亲的夏日汤不是美味汤，而是一种意志的支撑，是他对抗生活苦难的盾牌。每念及此，都有股力量，让我逆风前行。

爱某一个，爱每一个

爱是如此具体，到对某一个人嘘寒问暖，体贴入微。爱又是如此混沌，爱世上所有，爱每一株草、每一阵风、一滴水、一座山、飞禽走兽、日月星辰……

从某一个，到每一个，关于爱的比喻可以用水来做比方，似水一样包容宽厚，又如水一样温柔多情，水一样倾力而下、力大无比。

一则是外国小故事。

小镇公路边上，驻扎了一个护路队，他们定期巡护路段，重点维护通往镇上的一座公路桥。一天夜里，睡得正香的护路队员们被叫醒了，急救人员把门拍得山响。原来，桥塌了，救护车过不去。队员们去看桥，没有大型设备，断定过不去。急救人员说："去接病人的时候桥都是好的，可是，把接到病人后，却是这样。我们应该赶紧把病人送医院才行，否则会有危险。"护路队员纷纷摇头，只有一个人挺身而出。他将木板架在断桥上，一个人站在底下，双手死死顶住。汽车开过去了，病人因送得及时，得救了。事后，这位护路队员才得知，那位送去急救的病人，不是别人，正是自己的妻子。如果不是那凛然一举，也许，他就永远失去了自己的爱人。

另一则，是我国著名女作家裘山山讲的题为《宋铁军探亲》的故事。

连长宋铁军工作忙，一拖再拖，才在这年春天抽空回家探亲。上一次回家，还是女儿三个月的时候，现在，女儿都两岁多了。为了讨好女儿，他特意买了一只长毛大白兔。半路上，被一个陌生妇女拦住借钱，原来她着急送孩子看病，没带钱。起初还怕上当受骗，但见孩子柔弱可怜，就给陌生女人五十块钱，并陪送她们去医院，上上下下帮忙。临走时，他还把那只大白兔送了小女孩。回到家里，却发现家门紧锁，一路舟车劳顿，就睡在门口。宋铁军被妻子推醒后，看到妻子怀里的女儿，惊呆了，正是自己抱去医院的那个女孩子。原来妻子太忙了，女儿生病了，是幼儿园的阿姨送去医院的。

两个小故事，机缘巧合，都与亲人有关，都和亲情撞个满怀，让人感受到爱的迷人芬芳。

从中，我们不难推导出一个情感等式：关爱他人＝关爱自己。

关爱，是人间最美丽的花朵；关爱，是世间最温暖的心桥。

每一次关爱行动，彰显施者的善心，放大爱的音符。每一回受到关爱，天地为之清朗，心情之为爽悦。

关爱是一种态度。关爱他们，关爱自己，关爱生命，关爱自然……每一次关爱，都是源自心底的一种态度，与太阳东升西落一样，自然而然。关爱不是做作，更不是做秀；不是怜悯，更不是同情；不是高高在上的单向施舍，更不是寻求回报的投资……它是一种生活方式，予人快乐，于己欢心；是和谐自然，一如山间之清风、天地之明月。

写作感悟：

从爱“某一个”始，软着陆至爱“每一个”。关爱是社会和谐的润滑剂，是内心和谐的凝固剂，是人与自然和谐的粘合剂，和风细雨一般，润物无声。

凌晨四点的月光

时至今日，我再也没有像那晚那样默默地凝视凌晨四点的月。

厚厚的夜幕上挂一轮残月，微亮的一点，发出惨白的光，虚弱无力，像大病初愈的样子。远山如墨，近树似黛，世间万物好似沐在牛乳中，虚虚浮浮，看不真切了。周遭虫嘶不歇，间或一声夜鸟啼，划破长空，静夜愈静。

陪我一起看月的，是远道而来的小叔叔。

那年我刚好二十岁，一个早春的夜里，父亲遽然离世，顿感天塌地陷，命运被一股奇异的力量裹挟着，毫无反抗之力，不知不觉堕入暗夜，看不到一丝光亮，摸不到前行的路。灰暗的心把文字涂抹成颓废态，发表在校报上，七弯八拐，被叔叔知道了，他决定南下赣州看我。见我第一眼，叔叔板起脸孔，严厉训斥："你不要想年事（方言，蠢事之意），都这么大的人了，要懂事，爸爸不在世，你更要学会坚强。寻短见是最没出息的，你爸爸在九泉之下都不得安生！"

我无言以对，默默低头，努力控制眼泪不要流出来，一低头，还是沾湿了鞋面。

他陪我在食堂吃了一顿晚饭，顺便给了我六十块钱。钱这么俗气的东西，那时，让我感受到亲情和温暖。饭后，叔叔陪我在校园里走了一圈又一圈，两人相对无言，唯有春风笑。

父亲有四个兄弟，唯有叔叔成功跳出农门，在省城的邮电单位上班，做水电工。我在村里，他在城里，平时接触很少，叔侄关系并不算亲融。他从南昌过来，突然出现在我面前的时候，虽忧郁不散，但惊喜已至。关键时刻，亲情总能显现其威力，展示其魅力。

叔叔的收入并不算高，为了省钱，他托熟人关系，搭乘“昌吉赣”线邮车过来。他们沿 105 国道一路收放邮包，原本五六个小时的车程，硬是走了十多个钟头。邮车披星出发，下午才把叔叔送到我校门口，接着，他们又往赣州城驶去。

和开车师傅约好，第二天凌晨四点，邮车弯进我校门口，接叔叔回南昌。

那夜，叔叔和我挤在学生宿舍单人小床上，怕打扰其他同学休息，相卧无言。时光飞快，临近凌晨四点，我们迷迷糊糊爬起来，急急慌慌赶去校门口，却没看见邮车的踪影。

叔叔看手表，才四点过五分，在月光下焦急地徘徊，生怕错过了车。那时没有手机，无法与邮车师傅联系，只有干等。

我静立月下，抬头凝望月光，环视远山近树，溶溶月光慢慢化解心头的郁结，驱散心底无尽的阴暗。千年月照方寸心，如清水洗尘，一点点去除心间的轻尘浮埃。

凌晨四点的月光是我人生的初见。此前之后，我都不曾认真打量过这个时间点上的月。在这如洗的月光里，我感受到了亲情的可贵，读懂了人生的不易。

那片赣南月，以亮光为笔，以大地做纸，重重地写下人生忠告：“生活就是，生下来，活下去。”一字字烙进我的心里，让我警醒过来。

久等车不来，叔叔收脚，不再踱步，蜷缩在月下小憩，我紧挨他，席地而坐，不知不觉我们叔侄俩竟在月光里沉沉睡去。

邮车喇叭在校门口山响的时候，时针指向六点，天亮了。

看到邮车鲜红的尾灯在赣南山区林密的道路上渐行渐远，站在清晨的我，伸了一个懒腰，默默地告诉自己：真的天亮了。

写作感悟：

凌晨四点的月光不见了，永远消失在我二十岁的那年。

爱的力量

说到1998年春天上映的一部美国大片，大伙肯定不陌生——《泰坦尼克号》。再往下说，这部电影的主题歌演唱者是谁？想必很多人都知道，她名叫席琳·迪翁。

《泰坦尼克号》演绎的巨大灾难、感人至深的爱情，成了那年轰轰烈烈的公共记忆，而我的私人记忆与之契合，对我影响至深。

1998年，我家遭受百年未遇的洪灾。洪水肆虐，母亲被困，大姐赶来救援，凭借一支竹排，把母亲推到安全的高处，一起逃难的还有几只鸡和一头猪。当时我在城里，虽未亲历，但能想象那有多么可怕。

母亲遭灾的时候，我也因相思而成灾。为俘获恋人的芳心，花半个月的工资买两张票，请她去看《泰坦尼克号》。她却说："这样的热闹，就不去凑了吧。我不喜欢。"一语拒人千里之外。后来，我买来两盘《泰坦尼克号》原声音乐磁带，约她来宿舍聆听，她又正言厉色地训斥："这样时髦的东西一旦过时，就分文不值，你买它干嘛？嫌钱多，是不是？我才不去听那些乱七八糟的东西！"

那年夏天的两场灾祸，像飘在六月的雪，冰封了我原本温暖明亮的生活。之所以思绪回到当前，是因为看了一部关于席琳·迪翁的爱情故事的纪录片，从此知道她更多。

1968 年，席琳·迪翁出生在加拿大魁北克省，上帝赐予了一副好嗓子，从小就像百灵鸟一样爱唱歌，歌声悦耳动听，吸引了很多人。十二岁的时候，妈妈费尽周折，把她推荐给了一位德高望重的音乐导师。一年后，她的第一张专辑《上帝的声音》一经推出便好评如潮，她成了加拿大妇孺皆知的音乐小明星。

十五岁那年，一个男人就走进了她的心里。此人不是别人，是她的音乐导师——加拿大著名音乐制作人和经纪人雷内·安吉利。最先是她妈妈发现这一秘密。一次清扫房间，妈妈从她枕头底下发现一张皱巴巴的照片，作为过来人，妈妈知道女儿年纪虽小，却已怀春。无论如何，妈妈也不会同意女儿，因为雷内比席琳·迪翁大了整整二十六岁，结过两次婚，是三个孩子的父亲。世俗的目光、俗世的心，让她妈妈无法接纳女儿这样的忘年恋。

岁月是一道鸿沟，阻断爱之路。

席琳·迪翁的妈妈决计要“挽救”女儿，对她晓之以情，动之以理，希望女儿的爱慕之心能够无疾而终。然而，妈妈过高估计了自己的说服能力。席琳·迪翁压根听不进妈妈的劝告，对雷内的爱，不减反增。

一计不成，再出一辙，妈妈便去劝说雷内，让他放弃这段爱情，“放过”自己的女儿。在这场爱情中，雷内一直很保守，甚至可以说，从一开始是席琳·迪翁在唱爱的独角戏。他善解人意，听从了席琳·迪翁妈妈的劝告，一个人前往美国拉斯维加斯，把她一个人留在加拿大，给她过热的爱意泼泼冷水，降降温。

时间是最好的良药，他相信，她会调整好自己的。

事与愿违。正可谓“按起了葫芦浮起瓢”，距离产生美，更能生出无限好感，雷内一个人在美国，才发现自己已深深地爱上了席琳·迪翁。半年后，他怀着思念之情，返回国内，要和席琳·迪翁团聚。席琳·迪翁的追求越发猛烈，终于彻底俘获了这个沧桑男人的心。

自始自终，席琳·迪翁在爱的疆域策马劲驰，大胆地爱，勇敢地追。天佑女神，爱成正果。1994年12月17日，苦恋了十一年的席琳·迪翁终于圆梦，在蒙特利尔圣母大教堂，与爱人雷内·安吉利牵手步入婚姻的殿堂。

这一年，她二十六岁，他五十二岁。

婚后，他们像童话故事一样，过上了幸福美满的生活，妇唱夫随，搭配完美。然而，世上好花不常开。2000年，雷内不幸罹患喉癌。得到消息后，席琳·迪翁横生一念，要为自己的爱人生个孩子！她断发明志，剪草除根去一头漂亮的金丝长发。为了实现目标，她选择隐退，在蒙特利尔跨年演唱会上，献唱一首《这是一个梦想》，正式退出歌坛。为了做一名母亲，她自动放弃自己身上的所有光环。

经过一段时间的化疗后，雷内身体好转了，却丧失了生育能力，她如何圆梦呢？

好在天无绝人之路。原来，雷内早先已将精子冷冻储藏起来，困局有了转机。那些日子，她天天往医院跑，去医院照顾爱人，又跑去另一家妇产医院打针，为试管婴儿做准备。打了上千针，密密麻麻的针眼，让护士都无从下针了，她也不觉得苦。

2001年，席琳·迪翁双喜盈门，做了幸福的妈妈，儿子浴爱新生。与此同时，医生告诉她，爱人雷内体内的癌细胞被杀灭净绝，他完全康复了。

第二年，席琳·迪翁浴爱而唱，推出专辑《新的一天》，为生命中最重要的两个男人——儿子和丈夫而唱。2003年，她在美国拉斯维加斯举办个人演唱会，正式复出歌坛，歌唱自己的幸福生活。四十二岁时，席琳·迪翁为爱人生下一对双胞胎儿子，成了三个孩子的幸福妈妈。

在追求的道路上，席琳·迪翁有一股常人难以企及的韧劲，犹飞蛾扑火，纵大火焚身也不知惧。从少女时代的蜕变，到成年时的狂爱，直至冲破重重束缚、道道樊篱，席琳·迪翁爱乐爱人两不误。是执着，让她产生爱的力量。爱如潮水，汹涌而来，让相爱的他们成了这个世界上不老的爱情神话。

正如席琳·迪翁在歌中所唱的那样：爱的力量/将自己松绑/没有你的地方/什么是天堂/失去方向/我和孤单游荡/爱的力量/将自己松绑/为一个人变得更坚强/等你点亮/我生命的时光。

说回我的1998。

还有一个并不完美的尾声。

当年拒绝我的那位恋人，令我伤心经年。后来一次邂逅，我问："当年你为什么拒绝跟我一起去看电影呢？"她的回答让我惊诧万分："人家女生怎么好意思那么爽快答应呢？后来等你再约，却等来你去听磁带。再拒绝一次，却没有你任何消息。"时过境迁，物是人非。那一刻，我看见生命在叹息，也许是命运之神在无情地嘲弄吧。

逐爱路上，我和席琳·迪翁在最初就有质的分野，所以结果也大相径庭。我所谓的爱，像1998年洪水那样相思成灾，其实无益。爱成灾，就必栽；爱如进退有序的潮水，才会汇聚成强大的爱的力量。

写作感悟：

一个人如果有了爱的力量，自然会不倦不舍、无止无休，就像席琳·迪翁那样，活成一部爱的传奇。

不去打扰

每次回到老家，印象最深的莫过于那一片片越来越繁茂的树林。站在故乡的马路边，呼吸清新空气，绿野风吹来两个大大的问号：这绿是怎么变浓的？那树是怎么长野的？

答案很简单：无人打扰。

记得小时候，情形可不是这样的。村前村后，稀稀落落几根小树苗，鸟儿也少，偶见几只麻雀应和着南来北去的燕和雁，驱赶日甚一日的孤寂，用声音取暖。当年也有百年大树，不过，只剩树桩。老而粗壮的大树被人砍去，腾位置做新房，大材做梁柱椽檩，小枝直接塞进灶膛烧火。

那时，村里家家人丁兴旺，欣欣向荣。

花开花谢几度春。村庄像朵盛开千年的花，终于在新世纪来临之前，慢慢枯萎、凋零。村人外流，始于二十世纪九十年代初，三股潮流像抽水机一样把村民源源不断地往外抽送。一是读书潮，考大学，跳农门，改变命运，居城里工作生活；二是经商潮，去外面做点生意，过好日子；三是打工潮，更多的人缺本钱少文化，但总有力气，于是，少不读书，长大后就去城市打工。人们欢快地背井离乡，身在城里，心恋繁华，不愿复返。

人一走，村就空了。

1994 年，我高中毕业，当时全村人口多达二三百。而今，做红白喜事，把村里所有常住人口都叫上，还凑不齐三桌，减少了足足十倍。人少，田荒地芜，草树迅速占据，欣欣然，长势迅猛。留守农村的人们烧饭改用煤气灶，村巷内的杂草枯枝便无人问津，更显荒凉清寂。

短短二十年，村前村后的树大了，密了；草杂了，厚了。绿染大地，生机勃勃。

有懂林业的人士对我说："保护森林，其实很简单。森林本不需要人们刻意去保护，自有其生长规律。人类对森林的最好保护，就是不要去打扰它。"

不去打扰，说得多好啊！保持距离，给足空间，有时是最大的保护、最好的爱。

由此，我联想到教育孩子的问题。很多父母唯恐自己的孩子玩掉大好光阴，以至于输掉未来的幸福，往往会以爱的名义，让孩子这样，不要那样，这个不能做，那个不可以。用一个个的"不"生硬地干涉孩子的自由，每一道指令，都是十足的打扰，每一次打扰都在挤压孩子正常的生长空间。

植物不希望人去打扰，大自然害怕人来打扰。人为万物之灵，与自然万物相通。成长路上，一个无人来扰的空间，是对成长最好的保护、对孩子最好的爱。

写作感悟：

不仅是对孩子，对所有人，甚至这个世界，也都是这样。不出现，不打扰，给对方留足空间，无疑是一种最好的爱的方式。

生病的母亲

有句话说得好：“有什么别有病，没什么别没钱。”

如果是天降不幸，有病的时候又没钱，该如何面对，又将如何自处？

天下的母亲，竟有惊人的选择。

她问：“医生，我还能活多久？”医生说：“一年吧。”她惴惴，再问：“如果不治呢？”医生干脆地说：“那可不行，不治不行。顶多两三个月吧！”她谢别了医生，转身朝门外走去，自言自语道：“有两三个月就够。还有一个月，就过年了，儿子说会带女朋友回来。能见上未来的儿媳一面，死了也值。”

刚出门，她听见医生叫她回去。好心的医生递给她两百块钱，她惶惶不敢收。医生坚持自己的善意，执着地将钱往她口袋里塞。她扑通一声跪在地上，要给医生磕头。医生赶紧拉她起来，说：“快起来，万不可这样。你回去，买点吃的，不能亏了自己。知道吗？儿孙自有儿孙福的，你为儿女考虑太多了，也该替自己想一想。”

她走了，却从来没有走出天哥的心。

天哥在省内首屈一指的某大型综合医院做医生。这是他第一天上班看到的情景。医生是自己的主任，一个有医德仁心的主治医师，她只是一名普通的农家妇女，一个有病没钱的母亲。医生与她素昧平生，却被自古以来一直温暖人心的某种介质联通在了一起，于是，就有了天哥所目睹的那一幕。

天哥向我转述这小片断后，感叹道：“从此，我明白了医者父母心的道理，也真切地感受到母亲的伟大。”

女人爱做梦，梦里的色彩斑斓，繁花似锦。当女人成了母亲的时候，梦的内容，就只剩下一个：孩子。现实中，谁对谁难保没有外心，可母亲对自己的孩子例外。她们一心为了孩子，不惜舍弃一切，包括自己的生命。

她是我同学的母亲，天性乐观，待人热情。高考前夕，我去同学家玩，对同学的母亲印象深刻，觉得她对孩子，甚至对孩子的同学——我也是那么和善，那么好。然而，天妒好人，她不幸患病。我同学不知道，他哥哥也不知情。同学上大学的时候，母亲去世了。

多年后，他知道了母亲的病情，并非夺命绝症，为什么结果会那样？他和哥哥怒气冲冲地质问自己的父亲。父亲说：“当时，你们兄弟二人都要读书。要是你妈做了手术，家里哪有钱供你们上大学？是你妈坚决不住院不治疗的。你们现在出息了，不管将来怎样，都不要忘了你们娘！”

每每忆及她的音容，我想，“母亲”二字，个个都是大写的。

我母亲步入老年之龄后，患过两次大病。

2001年初春，母亲因过度劳累，腰椎肩盘突出，疼痛难忍。当时，我虽居城数年，却工作不稳，收入不高，房无着落，女友不知在何处。通过表弟帮忙，将母亲送入抚州市人民医院，医生建议立即手术。医药费两千元左右，一听要花这么多钱，母亲断然拒绝。她说：“我不做手术。我儿子还没有结婚，怎么可能花这么多钱动手术呢？”任怎么劝说，也无效果。母亲的意思是，宁愿痛死，也不做手术。

后从民间中医那里花了一百来块钱买来一根牵引带，母亲住在小姨妈家，土法牵引数月，病痛减轻。事后，母亲有些小得意：“我说不用动手术的吧。不照样好了嘛！”

2008年初秋，母亲查出脑胶质瘤，这回非动手术不可了。和上次一样，母亲断然拒绝。此时我工作稳定，收入尚可，居有定所，妻贤女乖，唯一让母亲抓住的把柄是，因为一次性提前还房贷，我手头没有余钱。

钱不是问题，医疗技术也不是问题，但母亲选择放弃，是个让所有人头痛的大问题。医生说，如果不做手术，瘤质变大，头痛头晕会持续并加剧，随时会有生命危险。后经亲友多方劝告，母亲终于入住南昌大学附属第一医院。吉人天相，手术成功，没有任何后遗症。不放弃，生命之光才得以继续。

生病的母亲不怕死，却时刻替自己的儿女担惊受怕。如果一走了之，能减轻孩子的负担，她们宁愿选择放弃治疗，甚至放弃自己的生命。这就是母亲，我们的母亲。

写作感悟：

病中母亲选择放弃，于静默之中，高奏出母爱的绝响。

永远在你身边

九年前的一天，她接到一个电话，噩梦便像巨蟒一般缠上她的身子，仿佛连呼吸都觉得难。搁下电话，她浑身发冷，嘴里反复叨念着一句话："这可怎么办，怎么办啊？"

那个电话，是惊恐万分的儿子打来的。他慌里慌张地告诉妈妈："妈，我杀人了！ 在酒店里，吃饭哩，和人吵架，打起来了，有一个人，被我打死了。"

那是一次普通的吵架，却注定不是一个普通的结局。面对这种局面，他心里凉透了，一种前所未有的恐惧，如黑夜的黑一般，将他严严实实地罩住，任怎么努力也挣脱不开。而他的妈妈，更是一片迷茫。

一年后，他被判处无期徒刑，异地关押在山东滕州监狱。

一个人，一方小天地，他格外想念千里之外的妈妈，那个被自己伤透了心、人近中年的好妈妈。但是，从江西到山东，来一趟多不容易啊，妈妈会晕车，哪能经受得住长途劳累呢。

思念，通过一封封信表达出来，句句敲打着母亲的心，特别是这么一句："妈妈，儿子知道错了，一定会在这儿好好改造，争取早日重新做人的。但是，妈妈，您和爸爸就不管我了吗？不要我了吗……"任泪水划过脸庞，妈妈的心，就在那一刻，酸楚起来，坚韧起来，再也不怕千里路遥，不怕晕车受罪，一心只想见到那个脆弱的儿子。她职业化地感叹道：“我的儿子，你现在是一棵需要母爱阳光、需要亲情温暖的幼苗啊。”

妈妈启程前往山东滕州，探过监后，管教告诉她：“你儿子变化很快，希望你能经常探视。否则，他老也走不出阴影。”

经常来看？怎么可能啊！这山高路远的，何况，她还有工作，是中学副校长呢，更多的孩子在等着她。但是，得知儿子需要妈妈的关爱，需要亲人来探视，她毅然做出决定：辞去副校长的职务，一个人来山东，“陪”儿子。

2000 年 9 月，她一个人离开江西老家，来到滕州，人生地不熟，该如何立足呢？早在儿子出事之际，家里已赔付受害人家属巨款，一贫如洗了。找了一段时间的工作，她都失败了，最后，在离监狱不到五十米的地方，摆起一个小修鞋摊。为了宽慰儿子，她告诉儿子，自己是请长假来的，在滕州做家教呢。妈妈的到来，给儿子传递着一个直接的信息：妈妈在，家就在；有爱在，亲情永存。

儿子乐了，不再觉得孤单，感觉到自己还是妈妈心里的宝，渐渐地，走出阴影，看到一丝人生亮光。真正让他感到震撼的、彻底改变他的，是管教揭开了妈妈善意的谎言。

那天，妈妈给一个汉子修完鞋，遭到那人的恶意攻击，不但不给钱，反而要打人。恰好被路过的狱警发现，才把那个莽汉给赶走了。狱警见她十分眼熟，仔细一想，才知是狱中犯人的母亲，便上前关心起她来。天下女人都是承受不住太沉的负担的，想起这些年来的点点滴滴，她哭了，一一诉说自己全部的苦难。

当狱警把真相告诉她儿子，他仿佛周身充满阳光，那应是妈妈的无数晶莹泪光折射出来的啊！此后三年，他获得四次减刑的机会，刑期已减至十五年。

这个好妈妈，名叫刘晓梅，曾为江西省吉安市某中学的副校长，一个感人至深的流浪母亲。母爱无私大无边，浩荡如长风，轻拂着儿子脆弱而偏狭的心。她用自己的爱，拯救儿子布满阴翳的灵魂，让儿子生活在阳光之中。

写作感悟：

妈妈永远在你身边。有妈妈在，心就在，爱，就永远不离不弃。

AIDS是外星人的感冒

Ari的人生旅程在那场突如其来的惨烈车祸中，转了一个弯。

从医院出来后，五岁的她被叔叔领进寺庙生活，远离尘世喧嚣，远离杂乱人间。上学的时候，叔叔给她套上桔黄色的雨衣，不管天晴下雨，都是这么一个奇怪的装束，仿佛套中人。与Ari最要好的是附近村庄的一个男孩，他与她一道上学回家，为她在暴雨中的农田捕捉蜥蜴，而她给他的回报是，让他与自己并肩坐在古刹静幽的大门石槛上。他问Ari，你为什么老穿黄色雨衣呢？ Ari回答说，我是外星人，外星人是碰不得的，一碰就要倒霉，所以用雨衣将我和你们隔开。

一次，老师拧Ari的脸蛋，不久，便从自行车上重重地摔了下来。从此，再无人敢碰她，都对她敬而远之。惟独他，不离不弃，青梅竹马的一段光阴，备加呵护，贪恋其美妙。却因搬家，两个相好的孩子，分开了，音讯全无。

再聚首，他们都长大了。爱还在，恋恋情怀，绵延这么多年，生生不灭。他无意中探寻，Ari的誓言快把他逼疯了："我要嫁给银行家。"表面上，他装得若无其事，并打趣地说："因为你，我总有一天会成为银行家的。"而Ari自说自话："嫁给银行家后，我就伙同他一起抢很行，用抢来的钱买一架俄罗斯飞船，离开这里。因为我不属于地球。"他不再是小孩，不再听信外星人的骗人把戏，疯也似的，要去找她的叔叔对证。

他以点火焚烧寺庙相要挟，终于，从 Ari 叔叔口中得知一切。原来，在那次车祸中，Ari 不仅失去双亲，而且因为输血，不幸患上艾滋病。

年幼的 Ari 问医生："艾滋是什么呀？"

医生说："艾滋是外星人的感冒。如果你好好吃饭，好好学习，外星人会给你治好的。高死亡率不可怕，外星人会给你他们的药。高致病性也不可怕，你很快会好起来的。"

他终于明白，她为什么说自己是外星人，其实，她是一个"感冒的外星人"。他决心为她引来 UFO，搭载她和他的爱情飞离地球，飞向太空。他要承续 Ari 叔叔制造的那一个"外星人感冒"的爱的神话。

于是，他在郊区踩踏庄稼，制造了一个"农田怪圈"，仿佛有飞碟来过一样……

看完韩国电影《蜥蜴》，我久久无言，以静默之姿，为爱投去至高无上神圣的注目礼。是呵，所谓爱，是不忍心伤害，哪怕是伤害已经降临，也要用桔黄色雨衣，用"外星人的感冒"，去阻挡，去缓冲，稀释愁苦，化解悲痛。爱不是大而无当的口号，浅之，是不去伤害，深之，是去化解伤害。没有伤害的世界，方为大爱的圣地啊。

对于艾滋病，我们听了太多劝告，不要歧视携带者（患者），要关爱他们，然而，身边一旦有人发病，即本能地群起自护，将艾滋病人逐出正常人的生活圈子，无情地将他们边缘化。

"AIDS 是外星人的感冒！"一语动人，是我所听到的关爱艾滋病人的最美丽的说法。Ari 的人生遭遇和她的奇美爱情，注定是稀世珍宝，以温暖边缘群体那一颗颗寒苦的心。

记得有一次聚会，一朋友带来他六岁的女儿叶叶，父女亲融，让人好生羡慕。大家都轮着抱叶叶，问候她，亲吻她。

叶叶拉着我问："陈叔叔，你见过天使吗？"

我说："没见过，但我听说过她，她非常美丽，会帮助每一个善良的人。"

她说："陈叔叔如果你见到天使，就请帮我告诉她，让我妈妈回来。我想妈妈了。你看我脖子上这个玉兔，爸爸说是天使送我的，有这个玉兔，妈妈就不会找不到我了。"

叶叶有所不知，她的妈妈在她三岁时，扔下她和爸爸，远嫁重洋，在纽约安生去了。

后来，那位朋友告诉我："叶叶老是闹着要见妈妈，我就编了一个故事，说天使要找地球上一些优秀的妈妈去谈话，妈妈太优秀了，就被召了去。妈妈去了之后，天使就会送她的儿女一枚玉兔。他们聊一个小时，就相当于在地球上的一年。天使要和妈妈聊上十几个小时呢，所以，若见妈妈，得等很久。"

后来，朋友找到一个志同道合两情相悦的女人，她第一次见到叶叶，很是激动地说："叶叶，天使告诉我，这个玉兔是送给我乖女儿的——"小小的她，乐颠颠地扑进女人怀里，大声地喊："妈妈——"

写作感悟：

两个版本一种爱，让我相信，天下的爱啊，都是至情至性至美的神话。

爱到极处成陌生

风是后半夜起的，很大，很冷。呜咽如哭。

他在寒风中蜷缩成一只受伤的猫，靠着自己家的门，任伤心的泪在风里滴落成冰。与泪一起风中结冰的，还有他那颗渴望温暖的幼小的心。

姨娘执勤回来，已是凌晨三点，见他在冷风中紧缩成一团，泪水打湿双眼。她记起来了，下班之前，他是给自己打过电话的，说是钥匙落在家里。而自己满口答应回家帮他开门，偏偏那时接到蹲坑守候的任务，一忙，把这茬给忘了。悔恨、懊恼，将这位外表刚强、威风凛凛的女刑侦队长击倒，她哭出了声，急急地把他抱进屋。

他的妈妈，也是她的姐姐，和她一样，也是飒爽英姿的刑警，但在前年一次追凶过程中光荣牺牲了。临终前，把儿子托付给妹妹，嘱咐妹妹一定要把他当亲儿子看待，拉扯他成人。

瞬间，她从一名警校毕业生变成一位母亲，去呵护一个年幼的孩子。身边示爱的男子匆匆来，匆匆去，就像警笛响起，警笛声灭。她无悔，把所有的爱倾注在“儿子”身上。在最疲累的时候，在最无助的时候，她叫一声“儿子”，或听儿子喊一声“妈妈”，心如海潮起，幸福一波连一波。

可是，就在这个北风凛冽的夜晚，他不再叫她妈妈，一口一个姨。在她听来，那一个一个的“姨”从他嘴里迸出来，仿佛飞来冰雹，打得肉身生疼，内心酸楚。

距离，一夜之间，在原本和睦的“母子”之间产生，仿佛两棵树，根不连，叶不逢，遥遥相对。

在学校，他被社会上的小混混追打，常常鼻青脸肿回来，却从不向“妈妈”哭鼻子，也不喊痛，早熟得让人心碎。

她关切地问：“儿子，你怎么啦？是不是和同学打架了？”

他毫不在乎地说：“姨，没事，只不过是摔了一跤！”

一个她执勤的日子，他甚至卷起书包和床单，逃也似的离家，睡到天桥底下。她同事认出来，把他往家领。她几乎是押送他回家，曾押解无数犯罪嫌疑人，也是心情沉重，而这一次，除了沉重，还无比伤心。回到家，倒在床上，抱着姐姐姐夫的遗像痛哭。他却置之不理，走到自己房间，重重地把门关上。

他们之间的距离，一天长一点，终于成了一道天堑鸿沟。

绝望伴着无助，把她折磨得快要疯了。她间歇性地狂叫，声声如北风呜咽。她曾在一本书上读到一则佛语：爱出者爱返。深信其理，奉为神明。却不明白，为什么自己抛洒出去的爱，激不起“儿子”一丝一毫的反应。他只是冷漠如一尊月光下的坐佛。

又一次成功执行任务回来，她心里一悦，随手打开本城电台，不经意间，陡然听到“儿子”的声音。

“我怕。我一个人待在家里，姨娘执行任务去了。

“我妈妈生前和姨娘一样，也是刑警，在执行任务的时候，死了。我怕我姨会像我妈妈一样……

“现在，我努力把姨当陌生人看，如果她牺牲了，难受也许会少一点吧。其实，我很怕姨离开我，她是我唯一的亲人啊！

“今天是母亲节，我想喊她一声：妈妈！”

她把车泊在路边，趴在方向盘上，泪珠一滴滴落在白色皮凉鞋上，悬在心中的疑团散了，她在午夜缕缕电波里，收获了世界上最为浓烈的爱。

那一声迟来的呼喊，于陌生的空间里，交融温热的气息，那大写的爱，将那无边的距离，轻轻抹去。

写作感悟：

世上有一种爱，极致的爱，以陌生的姿态，以不爱的妆容，涂抹在深爱着的人的脸上，心里，却是最辽阔的情分、最深沉的大牵挂、最浓烈的爱。

最珍贵的是活着

毕业那年，他的母亲查出乳腺癌，如果不及时做手术治疗，拖至晚期，只有扳着手指过有限的几天日子。

八岁那年，父亲因一场车祸夺去生命之后，母亲就是他的天和地，与母亲相依为命，活着才有踏实感，才有安全感。而今，母亲却因为疾病，让他感到地覆天翻。

他四年的大学费用，已将家里浩劫一空，刚找到一份工作，底薪才八百元，如何凑齐母亲那高昂的手术费呢？借，已是无门无路了。亲戚朋友们的欠账都还没还清，旧账未了，好意思再开口新借吗？

“典身救母”，是他想到的第一个办法，他向公司总裁提出预支十年年薪，以为母亲筹措治疗费。总裁大吃一惊，未置可否，只是抛出一个疑问：“等你母亲治好病，你也没有了收入，那时，生活都成问题，还能安心工作吗？”

第二天，他从财务部领了三个月的薪水，便离开了公司，显然，这是总裁对他的额外照顾。他退回了两个月的工资，领了自己应得的那一份，头也不回地走了。

行走在各种招聘会、人才交流会，人家一听见他的“典身救母”，就退避三舍，把求职信璧还，看都不看一眼。时间就是母亲的生命，这样下去，自己将眼睁睁地看到母亲被死神拉走。天地为之倾覆，活着还有什么意义？

如果能以自己的死换回母亲的生，他觉得值。他开始一项最愚笨也是最感人的寻死工程，寻找世上最昂贵的死法。到一家餐馆吃饭，然后自己给自己下毒，可以得到餐馆老板的一些赔偿，但从数量上看，不够本；去煤矿挖煤，矿难身故，有几万补偿的，但矿难不是常有啊……他没有去想城市最常见的车祸，他不想让母亲生命中最重要的两个男人以同样的方式辞世，那样噩梦将无情地折磨她的后半生。

最后，他想出了自认为最昂贵的死法。临行前，母亲还在熟睡，他以带泪的微笑辞别，一脚跨出家门，觉得母亲正一步步远离死神。

这是他第一次坐飞机，为了保险起见，选择了一趟旅客稀少的目的地，执行飞行的是只有四十来座的小型飞机，出事几率大。登机前，他向着母亲的方向跪地磕了三个响头。

然而，飞机一路正常，连气旋都未碰到一个。着陆后，他慌神了，此时，除了手里的几张保单外，已是身无分文。他趴在异乡的土地上大声哭喊："我为什么没有死成呢？我还有什么脸活在世上，连母亲都救不了……"

他的怪异表现，一登机就被一个记者盯上了，此时，记者打开录音机，记录了他的心灵之苦。

三天后，他舍身救母的行为上了报纸，自己也被好心人送到母亲身边。

母亲见他第一眼就泪如雨下，她哭诉着："儿啊，你有个三长两短，妈妈怎么活得下去啊！"

他看到母亲床头那张报纸，标题是一行粗黑大字：《寻找世上最昂贵的死法》。副标题刺得他眼酸心痛：《母亲的答案是，儿子是我唯一的支柱，没有儿子我活着有什么意思？》原以为，只有自己是这么想的，爱她宁愿为她死去，没想到，母亲的这种想法更强烈。

母子深情感动了这座城市，包括那位炒他鱿鱼的总裁在内的爱心人士纷纷捐款，他的母亲成功进行了手术，他也回公司上班了。

写作感悟：

其实世上哪有什么最昂贵的死法，最珍贵的是活着，活在爱中，就是幸福的。先得活着，爱才能有着力点！

最温暖的地方

全球每年都有不少新生婴儿患有体温调节暂失症，这些可爱的小宝宝们离开母体恒温世界后，无法适应自然温度状态。气温的骤升骤降，对这些不能自我调节体温的婴儿来说，无疑是致命的隐患。

美国哥伦比亚一家医院为了收治这样的婴儿，特意腾出一部分病房，设立恒温箱，让宝宝们生活在类似母体的环境中，直到有了自我调节体温的功能后，才将他们取出。

然而，随着这类婴儿越来越多，恒温箱远远不够用，医患双方都十分着急。这时，一个喜欢看动物节目的医生斗胆向院方提出自己独特的创意：用保温棉布包裹住孩子的头和脚，将他绑在妈妈的胸膛里。他的这一天才创意来源于活跃在澳洲的袋鼠。草原上那一只只袋鼠不就是把孩子放进胸膛，用自己的体温去温暖年幼的孩子吗?

院长迫于现实的无奈，批准了这项代号“袋鼠哺养法”的计划。先期赶制出来的十套保温布兜，把患儿赤身绑在妈妈的胸前，头戴一顶小帽，脚裹一双小袜，完全靠母亲的体温来温暖自己。

效果出奇的好，那些“袋鼠孩子”比生活在恒温箱里更安静、更健壮，而且更早拥有体温调节功能。科研人员经过深入研究，认为这些孩子吃母乳方便，受到母亲的抚摸更多，生活的环境比恒温箱里更舒适。

如今，在哥伦比亚这家医院，婴儿袋鼠哺养法逐渐风行起来，年轻的妈妈都知道自己的抚摸是对孩子最好的爱，自己的胸膛是孩子最温暖的地方。

母亲的胸膛是每一个人心的故乡、灵魂的寓所。

写作感悟：

这不是心灵寓言，而是真实的科学。如果你是年轻的妈妈，在知道这些后，是否还吝啬自己温情的爱抚和温暖的胸膛呢？

母亲传给我的两滴水

我的母亲是一个没有多少文化的农家妇女，小时候因为家里穷，她连初小都没上完。在我的成长路上，母亲并没有因为自己缺少文化而忽略对我的教育。她总是用乡下常见的东西例如水来开导我，开启我混沌的心灵。

年少时候，母亲曾在无意之中传给我两滴水，至今我仍然铭记在心。人生道路上，这两滴水给予我的力量和智慧，远比书本上的文化知识来得深刻和丰富多彩。

流水不争先

十岁那年，我开始上三年级了。村里流传这么一种说法：读书读到三年级，爹妈管教要加紧。开学之初，村小的老师来到我家，对我的父亲母亲说："你家的伢子读三年级了，对他的学习要抓紧一点，管严一点，三年级是一个关啊！"

此后，我去上学的时候，母亲总不忘叮嘱一句："在学校里要好好读书！"在这之前，她总是这么说："在学校里莫跟别人打架！"

一个星期天，母亲提着桶子到门前小溪里去洗衣服，我夹着语文书也跟了去。阳光明媚，风清云淡，小鸟在树上鸣叫，树叶在风中跳舞，我坐在溪边一块岩石上，捧着课本一本正经地朗读。

母亲停下手中的活，对我说："宏仔还在看书哇？"

我说："是啊，老师说要抓紧点嘛！"

母亲指着溪水说："古话说得好：流水不争先。读书不能靠一时性急，想读就猛读一气。你看，这水慢慢地流啊流，它不去争先后，而是在一点一滴地积蓄力量，到时候，有力量了，还在乎什么先后呢？"

我问："妈，你是不是不要我看书啊？"

母亲说："不是不要你看书，而是该看书的时候就好好看，该玩的时候就尽情地玩。你越要争先，越争不到先，做什么事都要慢慢来，一口吃不出一个胖子！"

母亲的话一说完，我就扔下书本，一头钻到皂角树林里，采摘皂角。在我看来，那是再好玩不过的了。那个阳光灿烂的上午，我在皂角树上尽情地享受着玩耍的快乐，母亲洗好衣服的时候，我的衣服兜里装满了青嫩的皂角。

从此，我的脑袋里装下了这么一句话：流水不争先。

满水不供家

上初中后，因为学校离家很远，我只有在周末才回一次家。那个时候，我们开始注意锻炼身体，发誓要练出一个男子汉的身材来。每天早上，我和同寝室的同学早早起床，在一棵树下扔沙包。就这样，长了不少劲，身体渐渐有了男子汉的风格。

那次回到家，为了展示自己的男子汉风度，我主动帮母亲提水。母亲看着我提着两个水桶，眼角露出欣慰的笑容。那一刻，我觉得自己真的长大了。

我家在院子里自掘了一口压水井，把水桶放在出水口下，只消轻轻地压，井水就源源不断地流出来。我用力地压水，出水口的井水喷涌而出，不一会儿，两只水桶满满当当地盛着清澈的井水。

母亲从厨房追了出来，冲我喊：“宏仔，你莫把水装得太满，满水不供家哩！”

我说：“没事，我提得动它！”

当我左右开弓一手提一只盛满水的木桶，只听见哗哗的泼水声，井水溅湿了一路。

在厨房，母亲说：“你看，满水提到屋里，还不是少了一大截？”

我没有去理会少没少水，而是疑惑不解地问：“妈，‘满水不供家’是什么意思！”

母亲说：“水装得太满了，不就泼了吗？做什么事都是这样，不能太过头了。”

写作感悟：

这是我早期创作的一个小稿，一直视为手上宝。写这篇稿子的时候，几乎不费力气，往事如水缓缓流，慢慢就流在纸上，印在心里。好文如是，不是逼出来的，而是自然流露。

幸福云雾

对于从小就生活在赣抚平原的我来说，山是稀罕物，只存活在字典里，了无印象。故乡属江南丘陵，晨昏之间，或站在村口，或立于田畈，或爬上树去极目远眺，隐隐约约的山形依稀可辨，成了云上最美的天际弧线。

直到八岁那年，父亲带我同游庐山，才知道所见的天边远山，只是矮岭。

八十年代初，旅游对生活在城里的人来说，也非易事，对乡下人而言，更是新奇。父亲知道机会难得，才执意要让我去尝这个鲜。

那年国庆节，父亲所在的村小组织优秀教师去庐山旅游，爱子心切，费尽唇舌，把我给捎上了。当时交通极为不便，一早从村里出发，走路到镇上坐班车，赶到县城转火车，取道南昌抵达九江，再上庐山。一路辛劳不必提，犹记得，起早摸黑，我困得不行，迈不开腿，睁不开眼，灵醒过来，却发现自己趴在父亲的背上。还要逃票。我的费用全部自掏，家穷，能省一点是一点，每每进站要量身高，我都恨不得缩成一团。出南昌火车站，父亲迫不得已想出一招，要我自己一个人走出去。茫茫人流中，我有一种深深的孤寂感。

终于上了庐山，游览含鄱口时，明明天朗气清，打个转回来，云蒸雾漫，伸手看不清五指。我慌了神，对着空茫的云雾高喊：“爸爸！”父亲跑过来，抓牢我的手，摸回至旅游车。转至下一个景点，云消雾散，天地清悦。

一山的云雾，让我感觉到大自然太神奇。在庐山，父亲给我买了一件漂亮的成衣。穿的衣一向都是村里裁缝师傅做的，第一次穿买的成衣，那高兴劲烘暖了一颗少年心。

下山后，父亲知道我喜欢旅游，特意给我订阅了一本《旅游》杂志，无力支付旅游费用，只好让我在纸上旅游。高一时，语文老师布置作文《第一次》，我欣然写下《第一次游庐山》，得了全班惟一的 “优”。有彼游，才有此优。

八岁的庐山，幸福的云雾，是父亲构筑的一道彩虹，我快乐无比地走在上面，激起了人生小欢喜，激发了对山水自然，对远方风景的渴盼。

那年庐山的云雾不曾散去，一直弥漫在我的人生旅途中，它的名字叫父爱。

写作感悟：

那一山云雾，落在回忆里，都是满满的父爱。为人父，多带孩子出去走走，给孩子尽可能留下更多的回忆。

爱丁堡的长椅

一个远房亲戚在苏格兰爱丁堡大学留学，回南昌的时候，他给我讲那里的风土人情，印象最深的，是那里的长椅。遍布长椅的爱丁堡，风景别样美。

在爱丁堡，公园里、街边上、公共汽车站旁，各式长椅处处皆有，不像我们国内，只在公园内才能见到。爱丁堡的长椅有一个特色，那就是它都是普通的公民捐赠的，而且还在醒目的位置，刻有捐赠者的姓名和留言。

看看那些千奇百怪的留言吧：

“女儿今天出生了，我们祝福女儿快乐成长。露丝的父亲母亲捐。”

“纪念哈里·史密斯先生。本椅由他的妻子玛格丽特捐赠，愿所有在此休息的人感到满足和幸福。”

“怀念布鲁士·哈特教授，卒于1985年7月1日。爱丁堡艺术学院音乐系敬赠。”

“庆祝爸爸今天丢下拐杖。汤姆·格思的女儿艾丽丝捐赠。愿天下所有的人都能健康地行走。”

“纪念克拉克·迈肯锡先生创立了艾博化学公司。公司董事会敬捐。”

……

捐赠的缘由五花八门，捐赠的人物形形色色，三教九流，无所不有，而千奇百怪的留言里，处处体现了一个字，那就是爱。关爱自己的儿女，敬爱自己的父母，深爱自己的人生伴侣，爱自己的师长、前辈……每一种爱都化作一缕缕思念，镌刻在经风经雨坐行人的长椅上，散发着温馨之光，以及迷人的气息。这光比明月还雅洁，这气息比花香更浓郁。

这座长椅遍布的城市，被爱的细节紧密覆盖，被爱的灵语温柔充塞。钢筋水泥是冷漠，而长椅弥漫着温暖和爱，城市因之而个性飞扬。因为长椅，爱丁堡成了一座爱之城。在这里，不管是凡夫俗子，还是达官贵人，都公开发出了自己爱的心声，大胆地向他人，甚至是陌生人，表达暖意和关怀。

坐在自己家里的竹椅上，兀自羡慕起生活在爱之城——爱丁堡的人们来。在那样一座城市，心应该如雨后碧空，澄澈明静吧。每一颗心灵盛下的爱，盈盈如握，经风一吹，便落在休憩的长椅上，生根发芽，芳香满园，永驻人间。

我们没有爱丁堡那样的长椅，但我们有一张嘴，那就要把心中的爱表达出来，说给我们爱的人听；我们还有一双手，就要为爱多做些事，把真情馈赠给爱我们和我们爱的人。

写作感悟：

爱要我们说出口，更要我们行动起来，每天奉献一点点。这正是爱丁堡的长椅、爱的昭示。

父亲是海我是沙

父亲离我们而去，已有十六个年头了。

这些年来，父亲临终前一年在他学校门口拍的照片，一直陪伴着我，放在电脑桌前，抬头就能看到他的鲜活容颜，闭眼就能听见他的谆谆教诲，宛若犹在。转眼，我为人父也快四年了。当了父亲后，对“父亲”二字的理解，便有更深一层的领悟。

我的父亲是传统意义上的严父，不苟言笑的严厉，为人处世的凌厉，待人接物的宽仁与热心。只是父亲的微笑更多地施于他人，而非我这个至亲骨肉。很长一段时间，我都不理解。而今，想起父亲来，突然迸出一个词——“大海”。刷新过去，填满我思维空间的陈旧东西逐渐被腾空，我深深感受到，父是大海我是沙，我只是父爱大海里一粒微小的沙粒。

父亲用他的博大胸怀与宽厚之心收容我的任性与张狂，悦纳我所有的好与不好。有人说，父爱深如海。而我说，父亲海不仅仅是深度，更有其广度。于我而言，父亲是一本百科全书，我的苦楚与欢乐、烦恼与开心、失望和希望、梦想与现实，凡此种种，都可以在书中得到相应的释义。

每年清明上坟，妹妹泪流满面，哭着重复一句老话：“爸，你走后，女儿心里有话，向谁说去呀？”父亲大海一般静默着，收存子女所有的委屈与苦闷，纳妥儿女无尽的心事。

父亲这片海，给予我更多的是浪的汹涌，一层层翻卷，一次次冲刷，把我从大海深处推出，推向沙滩。很小的时候，父亲就对我说，做人要学会一个人忍受孤苦。母亲依顺我的时候，父亲总是断然喝止。刚上小学，我扛凳去学校，父亲见我扛不动，困在别人家的屋檐下，冷静旁观，不施以援手。我那个委屈呀，泪不请自来。

现在才明了，这一细节注入了海浪式的冷父爱。

父亲常说的一句话是：“千岁的爹娘保不了百岁的儿女。”我到镇上读初中后，父亲对我的严厉，花样不断翻新，时不时地来一句：“你已经是中学生了，应该……”对我的标准线划得足有成人那般高！我满肚里的苦水，无从申诉，几度气得想离家出走。

大海永远不会干涸，而沙粒会被风卷走。父亲说：“孩子不可能永远窝在父母身边，好男儿志在四方。”他这么说着，也用貌似冷酷的言行实践。我就是父亲拼尽全力推出大海的那一粒沙，躺在沙滩上被风卷上天，然后，飘落到远方的异乡。

那一年，我离开家，南下赣州求学，父亲低着声气，似乎耗尽一生气力完成这次长途送行。我飘远了。半年后，父亲飘得更远，去到遥远的天国。

父亲是一滴水，滋润我的心田。滴水方见海博大，滴水更念父亲恩。父爱无以回报，我唯有将父亲对我的爱往下一代传，传给我快四岁的女儿——我那可爱的小宝。

想念我的父亲，就像迷途的沙粒怀想大海——永远的故乡。

写作感悟：

多年以后，我才真正读懂了父亲，并理解了他。父亲那片海给予我的恩泽，日渐丰盈、朗润起来，越发生动了，我知道自己的生命源于斯，所有的信念、力量和热情，概源于此。

父亲的沙场

在故乡，家家门前都有块空地，人称“局面”。

局面是乡村的脸面，微漾一股暖融的笑意，亦是乡村灵动的舞台，生旦净末丑，呼啦啦你方唱罢我登场。局面藏有一颗包容心，迎风接雨，沐日纳月，忙时翻晒稻谷、豆子、花生、芝麻和油菜籽等，闲时鸡飞狗跳猫趴，偶尔牛们也逗留一小会儿，热闹得很。偶有人来，不管亲与不亲、熟与不熟，往局面上一站，或是打局面路过，主人皆奉上热情的笑脸和真诚的问候。局面像孩子的眼神，藏不住事。谁家谷子晒得一天一地，掩不住那丰收景象；谁家落满大地红爆竹屑，是喜事盈门呢；谁家晒满稻秆，是为积烧柴，或为铺牛栏；谁家堆积木料，说明主人是木匠；谁家竹子遍地，说明主人是篾匠；如果谁家有银粉屑，说明在帮爆竹厂做下手活呢。但是，如果你看到我家堆满了河沙，就武断地下结论——肯定是开沙场的，要不就是要动工做新屋或者装修房子。

那你错了。

那时，我家新房刚落成不久，无需更无力再造新居。当时，乡村压根就没有装修的概念，谈装修就遥远而不切实际。我的父亲只是一名普通的村小赤脚教师（后称民办教师，这个庞大而清贫的队伍曾为中国乡村教育做出巨大贡献），离沙场老板尚有十万八千里之遥。

沙堆从何而来呢？是父亲从流经村前的河里捞上来的。父亲像一只勤劳的工蚁，在河中将湿沙一粒一粒铲至沙滩，稍稍晾过，装入箩筐，用鸡公车（一种独轮小推车）应着节奏，大喊号子，猛推上坡，推过九曲十八弯的田间小路，卸至家门前的局面上。

二十世纪八十年代后期，我们乡村掀起一股建房潮，建青砖瓦房取代土坯房，对沙石的需求大。父亲从中嗅到商机，起早摸黑，挖沙运沙，且不能缺课，休息日更是全天候地为河沙提供优质的搬运服务。只为累积一处沙场，换三五块小钱。

那时，父亲最开心的事莫过于听到手扶拖拉机突突突的马达声。是生意来了。父亲一铲铲将局面上的沙堆削平，装满车斗，还很厚道地用铲子拍严实，堆出一个漂亮的沙尖来。

河沙铁重，光凭手工挖运，对一个人的体力和耐力是莫大的挑战，更是极大的消磨。即使是身强力壮的农民，做这个，也会三思而后行，不敢贸然挣这个辛苦钱。

上村小时，父亲拉我陪他。抱着好玩的心态，跟了一天。我没怎么帮上手，从河滩到家门口，光来来回回地走几趟，就累趴下了，双脚酸痛难忍，夜里不得好眠。躺在床上辗转反侧，心想，只走一次就累成这样，而父亲几乎天天如此，却从不喊苦叫累。

那一刻，父亲在我心中的形象渐渐伟岸起来，是力与美的化身。

再看见父亲累得直喘粗气，汗水涔涔直淌，我会怜惜地说："爸，这么累，休息一下吧。"父亲笑而不答，不曾停下手中的活计。父亲疲累而不休，苦做而不停，在我心里落下一个巨大疑团，让我百思不得其解。那些疑问，时间做出了最佳回答。

历经岁月淘洗，那片疑云终于飘散，我豁然明白——父亲再苦再累而无怨言，不就是为了生活吗？当时，家里刚刚造好一幢新屋，用光所有积蓄，还背负了债务，仅凭他教书的低廉薪水和种田的微薄收入，如何能支撑一家人的吃用，还有我上学的费用？

不到两年，建房潮渐渐退去，父亲的沙场停摆，一堆尚未出售的沙子，一直孤零零地立在那里。历经风吹日晒雨淋，它渐渐变小了。起初，松软的沙堆还有小孩子去玩耍，过年过节也有人挖一盆去插香烛。后来，沙子被踩实了，低矮了下去，但突兀的隆起无声地告诉人们，这里的沙粒让一个男人非凡过，让一个被困顿缠绕的家庭稍稍摆脱了窘境。

上中学后，我在语文课本里读到"沙场秋点兵"的诗句，父亲的沙场就像断崖的瀑布一样，在我脑海里壮阔地浮现。父亲运沙时满脸的汗珠、艰难而不乏快乐的劳动号子，一遍一遍重现我心。

不错，父亲曾有过真正的"沙场秋点兵"的豪迈。年轻时，他是一名炮兵，在榴弹炮营、火箭炮营和85加农炮营做过炮手，足迹遍布东南沿海，参加过著名的"823"炮战，在中国人民解放军北京特种炮兵技术学校（1960年由华北军区炮兵学校改编的导弹技术学校，校址在北京北苑。后并入西北某炮校，为二炮部队培养人才）念过书……而他的人生终站，却是一介卑微的农民。

从"沙场秋点兵"到"沙场苦卖沙"，父亲的人生落差远非我能想象。看他照片，一身戎装站在天安门广场上的飒爽英姿，再回想他推个鸡公车在乡间田埂上蹒跚运沙的艰难和落魄，让人感叹命运的捉弄，不禁悲从中来。世事变幻无常，人间沧海桑田，父亲迎着人生波涛，云泥不拘，勇敢往前行，隐忍且坚韧。这值得我用一生的时间去品味，去学习。

一晃，父亲离开我们已有二十一年了。

没有父亲的日子，每当回到故乡，在家门口的局面上看到那个微微的隆起，总能想起父亲的沙场。那是一个男人的战斗遗存。在沙场，父亲不再秋点兵，战斗武器不是炮弹，而是一把简单的铁锹和一辆简易的鸡公车，他用尽蛮力推沙，推出对美好未来的期许！这个沙场，是我们家走出困境的起锚地。

写作感悟：

父亲的沙场，垒起于二十世纪八十年代，消失在二十一世纪十年代。在“新农村”建设中，一条环村水泥路打我家门前经过，从此，“局面”上父亲的沙场永远沉睡在水泥底下，仿佛是一场经年不醒的梦。梦里，回响着父亲与命运抗争的神曲。

第三辑

月下漫步

茶　亭

赣南此行，坐七宝老弟的车，绕田村、白鹭等几个镇村跑了一圈，红土绿树，亮眼；客家软语，温耳；孩童的热情，暖心。自是情深难忘。

山道上，惊鸿一瞥，透过车窗，一间古朴的亭子随眼入心。

忙问："七宝，那间小屋子是？"

七宝老弟说："茶亭。"

见我情致盎然，他靠边停车，带我朝茶亭而去，边走边解："山里人做事，累了，就可以到里面歇歇脚，喝口茶。小时候，妈妈带我去砍柴，扛在肩上，累得不行，想卸下肩上的担子，停下来歇口气。妈妈就告诉我，要歇就到茶亭去。有了目标，肩上的担子就感觉轻了一些，一口气挑到茶亭。陈老师，我们这里的人，对茶亭感情特别深。"

哦，多有意思的茶亭呀！

这里是赣南，古道边，密林中，人烟稀少，横卧一间方方正正的小亭子，飞檐翘角，南北通透。是山野活色生香的人间，容蓄人与人之间的关爱。

亭尖在绿影中飘荡，亭门在红土之上闪光。这是乡里乡亲的博爱之作，是熟人与陌生人交融的胜地，像是一首凝固的乡曲，无人弹拨，却响彻心间。

慈心如月，爱心如湖。有钱出钱，没钱出力，大家心怀慈善，悲悯苍生，建造一间茶亭。从此，上山去，下山来，往来四方客，有个歇脚处，天涯荒旅，竟也能找寻到久违的归家感觉。砍柴人，过路客，打这儿路过，进来，歇歇脚，喝喝茶，谈谈心，叙叙旧，放松疲累的身子，滋润干渴的喉咙，舒缓紧张的心情。

山中茶亭，如清风拂来的梦，似细雨落下的歌，像一朵朵团云飘逸而出，像永远不老的童话，是人间胜景、山里人家。

荒野无人，荒路有兽，但见茶亭一间，袅袅燃炊烟，盈盈流清泉。茶之香，饭之味，一茶一饭的情义，一生一世的安慰。

茶亭之味，茶是底色，温暖是亮色，色味俱全总关情。这里冬暖夏凉，遮风挡雨，夏有阴凉冬御寒。累了，进来坐坐；渴了，喝杯茶去；热了，乘乘凉来；冷了，避避寒去；夜了，困了，侧卧干草也能安眠。茶亭边有泉或井，有灶有柴，可烧水，能煮饭，是旅人临时的家，是农人移动的屋。有水浇渴，有饭暖胃，荒野之上，夫复何求？

满含乡村古意的茶亭，以慈善和博爱的姿态，一立千年，灿然成景，是山野里的标志性建筑，是山民心中的歇息圣地。在我瞥见的第一眼，如轻风拂柳，月映天心，那质朴的古道热肠，悄然入心来，捎来古悠悠的一片桔暖。

一间茶亭遗世立，人间宁馨而美好。

茶亭横卧山间，恰似彩虹一弯，刺啦刺啦，透着炫目的七彩，从历史深处走来，久经风霜，千百年来，温暖了多少人的记忆，鲜活成一道山间奇景。

写作感悟：

茶亭茶亭心之亭，如莲一般，清清雅雅，盛放在每一个过往人的心中，馨香四溢。

春来江南看秋景

江南春，乍暖还寒。

寒是春的底色，暖只是漂浮其表层的浅色，随时有可能被覆盖、冲毁。春季养生，捂字当先。“春捂秋冻”，一句养生语道破了春秋伴生伴行的亲密关系。作家巴金有部小说叫《春天里的秋天》，名字太绝妙了。在他看来，春秋不仅是伴生的友情，还有共生的血缘亲情。

四月春盛，阴晴不定，骤冷骤热，像个喜怒无常的孩子。一条短信被转疯了，全民一起感春叹秋，尽情释放幽默因子和娱乐精神。立此逗乐：“在南昌，流传着这样一个美丽的传说：很久以前，南昌的冬天爱上了南昌的夏天，可是他们始终不能相见。后来，他们为了在一起，南昌的冬天干掉了春天，南昌的夏天干掉了秋天，从此，他们永远在一起了。之后，他们生了个儿子叫倒春寒，生了个女儿叫秋老虎。南昌人民愉快地过起只需棉衣和短袜的幸福生活。”这样的短信，起因是三天之内，气温从32℃到9℃毫无过渡地来回倒腾，像翻滚过山车，极度刺激，人们大呼跟不上这变化的节奏。

江南也是有春和秋，只不过不够明显、不够漫长罢了。春秋时节最舒服，一个希望在心，一个收获在手，不冷不热，给人满满的幸福。一个秋日，有位老农深情地感叹：“这样的日子太舒服了，就是拿皇帝给我当，我也不愿意换。”在“当一国之君”和“乐活在秋天”的二元选择中，这位朴素的中国农民毫不犹豫地勾选后者，秋之惬意，以此可见一斑。

江南四季，冬夏最明显，冷得够威，热得够猛，一冷一热，毫不含糊，恣肆汪洋。春秋则不同，温凉舒适，像一对双胞胎，长相差不多，性格也差不离。秋高气爽，风轻云淡，是秋日显著的标签，秋风扫落叶是其与众不同的logo。这就是传说中的秋色秋韵。

江南春日看秋景。如果你不生活在江南，对此一定深感不可思议。江南人看惯迥异的风景，见怪不怪，习以为常。

春日里的秋景，少不了风的配合。秋风和春风一样都是风，其本质的分野在于湿度，秋风干燥，春风温润。不过，一场秋雨过后，那风之味便与春无异。换个角度看春风，如果春晴久无雨，便和秋风一样干燥。江南盛传一句顺口溜：“春风不进屋，冻得人发哭。”初春风冷，深秋风寒，二者有得一拼。

春风含秋意。如果一场风至，落叶如雪纷纷坠，秋之韵则更足。为春景添秋味，香樟最给力。四季常青的香樟树，大雪压身，宁断枝折杆，也不掉一片绿叶，在寒冷面前保持着一种不卑不亢的绅士精神。春来风暖雨润，樟叶有失矜持，像是耐不住性子，纷纷飘落，落了一地的秋凉景。落在地上的叶片，密密挤挤，一阵春风一阵响，仿佛秋声在明媚春光里欢唱。

我曾浅薄地认为香樟树晚节不保，能躲过寒冬的煎熬，却抵挡不住温暖的诱惑，以落叶的方式向温暖举白旗。其实不然，香樟是以牺牲自己名节为代价，为江南春景带来不一样的层次，给春日预设一道浪漫的秋景。香樟树大公无私，为江南春景的多样性创造了全新的样本。

春风扫落叶，落叶纷纷哗哗响，让人体会到秋味，举头四望，满眼翠绿碧绿青绿嫩绿，绿染大地，花黄花红花白花粉，花香更艳，不知今夕何夕，顿生是春天还是秋日之惑。

香樟树是江南春日秋韵的最大制造者，如果说它是领唱，那么站在背后的还有柏、松、榕、杜英和广玉兰等一系列树种，它们是不同声部的合唱队员，在浩荡春风里齐声高唱，雄辉的“春日秋之歌”，在忽晴忽雨、风平风起的日子里响彻江南。

写作感悟：

春来江南有秋景，初吟诵此句，颇有一些扭别。如果置身其中，春来江南看秋景，触景生情，在奇异里感受奇妙，直教人流连忘返。

乡间春晨

春天，乡间晨光是长了脚的，迈着小脚女人那样的细碎步子，一寸一寸丈量山河大地，草尖上、溪流中、树叶间、鸟羽里、瓦楞上、人的眉尖和鼻翼上……落下明媚的影迹，那是初阳的深情之吻。

春晨之曦，有百灵一样的婉转歌喉，一声啼鸣，明亮了世界，明艳了花花草草。

日出东山，光映宇内，最先被唤醒的是林中鸟雀，它们在黎明中跳跃，在春光里飞翔，用婉转的啼鸣向沉睡的大地呼告新晨的来临。与此同时，叫了一宿的虫虫们被晨光喝止住了，收声敛息，让位给灿烂晨声。

大门吱呀一声，传来一声咳嗽，农人应和晨光，发出新一天的初声，又是一个好日。鸡鸣深巷，犬吠树下，流水婉转有致，走兽窸窸窣窣，耕牛哞哞低叫，童子朗朗书声……乡野春晨喧闹，个个争先恐后，生怕辜负了大好春光，虚度了美好年华。

乡间之春，最美在清晨。

黎明前，大地虚隐于暗夜，飘浮于月色。旭日东升，黑暗散尽，月亮像个听话的孩子，隐匿在旁，默不做声，刹那间，广袤大地走出虚浮之境，落到了实处，像一位慈祥的母亲，张开温暖的双臂，怀抱万物生灵。

由暗而亮，从单调到缤纷，从沉寂到喧嚷，春之晨，像神奇的调色大师，把漆黑稀释为暗灰，继而，染得红黄蓝绿青紫橙，炫彩夺目；又像调音高手，把单调的夜之静调拨成欢腾的晨之喧。

春晨含香，余韵悠悠。

春香繁复且立体，泥土的清香厚重有力，为诸香打底定调；草木暗香芬芳，需宁心静气方能嗅到；最浓烈要数花香，像奔放的小兽四下里乱跑，惹人注意，老远扑进人心坎里去，蜂蝶们更是把持不住自己，个个沉醉其间；袅袅炊烟味儿杂，柴火之气是引香，紧随其后，饭菜喷香，这才是炊烟的正宗香味，有母亲的气息和家的味道。

春香别致，香得让人难以忘记，香得让人只想一醉方休。

百般味，千般气，遗落在游子的记忆里，久而久之，成了挥之不去的香（乡）愁。

春色好，晨曦美，双双叠加，美好得像湖心游鱼开心地吐泡泡，万物生灵便在那一个又一个欢乐泡泡里，闻风而出，迎阳而生，吸露而长，启程赶往又一个丽日，享受难得的乡土春晨。

写作感悟：

故乡越来越空了，回去的机会愈发少了，但每次回到老家陈坊，都会有新的发现。2016 年初春，回到童年生活过的小村子，对故乡春晨有了全新的发现，于是，趴在西窗下，就着灯光，写出了这篇。故乡和童年，是每一个作家创作的源泉，对此，我深信不疑。

囚蜂记

回到故乡的春光里，满目流青溢翠，满耳鸟鸣虫嘶，淤在心头的烦恼像水中涟漪那样，渐大渐散渐无形，空余一水的柔静。一头扎在久违而又熟悉的泥土气息里，我又看见它娇小动人的倩影，轻扇薄透的双翼，嗡嗡嘤嘤，像一行行发表在乡村四月的抒情小诗。

土蜂，又见土蜂！

蜜蜂有毒刺，会叮人，人们避之唯恐不及，偏偏我对蜜蜂一直就有好感。每年紫云英花盛、油菜花开的时节，大舅就会运来一车蜂子，驻扎在村后小山坡，方方正正的蜂箱一字儿排开，乌黑油亮的帐篷像蘑菇一样卧在青草最绿处。摇蜜的时候，大舅喊我去尝鲜，就那么一小滴，那个甜劲，从喉咙到胃像是被温甜地割了一刀。儿时买一颗糖都很奢侈，滴滴蜂蜜甜透了儿时粗糙的生活，甜润了整个童年。

爱蜜及蜂。

我喜欢那些飞舞的小精灵，没事就跑去后山大舅的蜂场，穿行万蜂间，听沸腾的蜂鸣。春光里，蜂群海啸一般飞舞，像是惊起一记记闷雷。上学路上，看见蜜蜂在花间采蜜，心想这定是大舅蜂场飞来的小精灵吧。大舅说过，蜜蜂能在方圆十几公里的花域自由飞行，语文课本上也有介绍小蜜蜂跳 8 字舞来导引同伴去采蜜。喜欢之余，不由地对它肃然起敬。

与家养蜂不一样，土蜂像一粒粒黑黄的闪电，划出一道道明媚的光。家养蜂虽说也不能抓一只来把玩，但近观也无妨，土蜂则不同，灵醒，警惕性高，一有人靠近，就嗡嗡飞远。

小孩子的脾性不可捉摸，喜欢什么东西，就恨不得马上握在手上，心思像山泉一样透明——对自己喜欢的东西实施占有，归己才心安。因为喜欢，所以渴望。大舅不让我靠近蜜蜂，告诫我："蜜蜂会蜇人的，要是被叮咬到了，会很疼的，麻焦火辣，难受好几天。"又不是没被蜂子蜇过，确实疼得要命，可哪个孩子不是好了伤疤忘了疼？

只好自己想办法。我用那弥漫着喜爱的目光，搜寻与家养蜂外形无异的土蜂，以爱的名义囚蜂。用捕蝉的方法吧，有点高射炮打蚊子的味道，不合适；直接用双手去合住它，又怕力道拿捏不准拍死它，更不行。要的是活蜂，又不是杀生。飞游的蜂，拿它没办法，只好转移目标，找土蜂巢。土蜂栖息在墙缝里，那里有它温暖的巢穴。墙内是人家，墙缝是蜂家，人蜂是井水不犯河水的两家人，偏偏出了我这么个愣小子，硬要去犯人家，抓它来把玩。

捡来几个用过的青霉素小药瓶，去除瓶口的铝封，拔掉塑料瓶盖，我要将它变成土蜂的新家。手握小小的玻璃瓶，目光像红外线扫描仪一样，在春风里搜寻土蜂的踪影。青砖墙用石灰做粘合剂，几乎找不到缝儿，而土坯墙，缝隙像地上的蚂蚁一样多，要找土蜂，就得找到土坯墙。站在墙根下，看一只只土蜂飞来飞去，迟迟不归家，干着急。一见土蜂飞进缝隙中的家，我便将瓶口套住那个缝，来个瓮中捉鳖。土蜂乖巧，若是它的家门口大一点，保准不会钻进我的瓶中，而会顺利飞到花香诱人的空气里。

捉住一只土蜂，着实不易，不过，只要有足够的耐心，总有一些土蜂撞入我的瓶口，被我擒获。有了收获，我会用一小块碎布包住瓶口，再找细线扎口，搞定，心里那个美，不可言表。瓶中的土蜂成了我在小伙伴们面前炫耀的资本。

见我囚蜂玩，陆续有人跟样效仿，也去抓土蜂玩，养在玻璃瓶里。村里有一个野小子，没选择用布包口，而是将塑料瓶盖原样盖回去，隔了一夜，可怜的土蜂就闷死在透明的玻璃瓶里。见到那一幕，我伤心良久。

囚蜂，从此淡出了我童年。

又见土蜂，记忆瞬间恢复过来，心头飘掠温暖的色彩。今天的它们是幸运的。整个村庄没有几个小朋友——多数被父母安插到城里读书去了——只有几个留守孩子，偶尔有三三两两的孩子打外面来，已然不会像我们当年那样对土蜂喜欢至极。现在的孩子，虽说也生活在自然中，却本能地与大自然保持着生分的距离。

写作感悟：

剪一段满含歉疚与欣喜的春光，赠予我儿时的土蜂。今天的你知不知道——你一直飞翔在我的梦里，飞游在我记忆深处呢。

月下漫步

一曲《城里的月光》，唤醒了多少人心底对月光的柔软感觉。其实，城里有月无光。都市霓虹闪烁，万家灯火辉煌，月似一张寂寞的饼子，孤独地挂在夜空，像一朵小小的被人冷落的野花，无人问津。

难怪有不知、不怜、不爱月的人在网上发问："月亮有什么用？"更有甚者，竟然抛出一个"如何炸毁月球"的帖子，震惊世人。这让我等爱月人士，情何以堪啊？

纯正的月光不在城里，它只为乡间所独有。只要你在乡村待上一段时间，领略了月光之肃静、月华之宁和，肯定不会再发类似的惊天之问和惊世之语。

一有空闲，我便会回乡下老家小住几日，在儿时的家园走一走，在日渐荒毁的故园看一看，夜里，一个人月下漫步，胡思乱想也好，不思不想也可，就那么慢慢踱步，像夜行精灵，以月光为翼，贴地飞行。

今夜月光朗润。是十二了吧，离满月也就两三天，它像一个十五六岁的少女，清清纯纯，活泼泼，白嫩嫩，没有成熟的媚态，光照宇内，澄净素美。月华如水，不温不火，不急不疾，夜空柔波流转，大地寂静如水。夜空间或传来几声南归雁的低鸣，大地回响绵长不绝的虫嘶，衬得周遭静似海深，月光也显得肃穆起来。

月光朗洁，天地透明，每一粒光亮里都凝结着诗与画。出村，沿水泥路走向月光深处，披上月之衣，裹着月之凉，思绪竟如睡莲一般，静静开放。突然，感觉月光显得更加明亮，然后慢慢弱下去，再弱下去，一会儿，又突然明亮。周而复始。不知是我的错觉，还是月光如波涛，低潮后面连着高潮。每每感觉月增明、光更亮，我都会睁大双眼，贪享此刻的月光，犹如微醺之人吸吮陈年佳酿。

月将圆未满，自是妙哉；月满涨而盈，更是妙不可言。

一弯残月当空照呢，也别有一番风味。月明星稀，那是月遮盖了星辉，一轮明月寂寞锁夜空。月弯弯，那是低下身段与民同乐，满天的星斗都是故交和知己。弯月如晦，村也好，树也罢，乡间的一切都陷入半明的幽暗里。如勾月隐去世间万物本来的面目，褪去人们本真的姿容，世界由此多了一份神秘。那样的夜，更有绵长而朦胧的意味了。

做人当如弯月，友直友善友谅友多闻。做事像做圆月，如登山至顶，探洞穷透，是尽心尽力之后的尽善尽美。

漫步月下，我叩问苍天大地："为什么我要到月下来散步？"

一个声音从月之柔波里漫滤而出："因为你的心落满了尘埃，被人世的烦恼覆盖。"

是啊，久居城里，生活有不悦，工作有不顺，心事多多，烦忧重重，一心想到月下来，闯入月之怀抱，静一静，靠一靠，窥见自我，找回本真。在这清辉微凉里，在今夜的月光下，我全身放松，满心自由，超然而遗世独立。我突然有一种奇妙的感觉，仿佛世上的一切都浴月而新生。

写作感悟：

月光柔软的触须，能抚慰世上每一颗烦躁的心。世上凡人和烦人，要是像今夜的我一样，来月下漫步，有所思悟，抑或无思无欲，一定也会烦恼自然消，心事自然退，自是人间非凡人。

武功山云海

山，不如其名。武功山盛产的并非武功，而是南方难得一见的高山草甸，海拔千米之上，像有人在上面摊煎饼果子似的，摊了一张十万亩之巨的大饼，时绿，时黄，时白，随季节而易。云中草原，北国风光，南国一绝，令人神往。春秋时节，来自世界各地的户外驴友，自带帐篷，攀登武功山，驻扎金顶，已是蔚然成景。此行前来，我没有带帐篷，也没打算登顶乐赏千里高山草甸，只是随便走走，饿了吃，渴了喝；累了，就歇息；天黑，就住下。

山山如画，时时净好，随处皆适，随遇而安。

登山之前，当地友人温情提示："记得带件雨衣上去。"时序初冬，但秋恋恋不舍离去，秋高气爽，碧空万里，何须雨衣加身？欣喜之余，置若罔闻。

车停武功山脚下，流水哗哗，雨雾茫茫，让我想起那句俗语：高山有好水。水急则山高，水沛则山奇。没水的山，少了一份灵韵；没山的水，因缺少了那种硬朗，沃白一片，显得有些呆愣。有山有水，好山出好水，山水总相依。

哦，真下雨了，才知道友人的提醒多么恰当，哪怕晴空丽日，上得山来，雨披也是登山的必备。好在直接坐上一级索道，不惧雨飘。一把水尺量山高，水流之急，水声之訇，量出山之高奇和险峻。坐在清润的云雾里，一路水声不绝，这武功山的高峭，自是不同寻常。

山无形，水有声，喧嚣世界便沉隐在濛濛烟雨、茫茫云雾里。从一级索道轿厢出来，雨雾遁形，脚下烟云翻腾，如玻璃杯里满溢的乳汁，又似飘飞的棉絮。眺望远山，陡壁森然，孤松一棵，苍劲之势，远胜黄山迎客松。人在深山，脚下云雾缭绕，头顶阳光灿烂，阔远云天，有阴有晴有云雾，天象之奇之美，促人屏息，让心宁远。

武功山石多且奇，循铭牌望去，方知石多为片麻岩、花岗岩和石灰岩。坚挺的岩石为骨，青碧的草树为衣，武功山像个魁梧的壮汉，屹立于赣西大地，胸膛挺起，神态傲然。人在此中，看山不是山，是坚石，看山不是山，是傲松、云海、庵寺……终看，山仍是山，是云海里探出娇羞脸孔的山陆。我被这神奇的云海深深地吸引，便不再往上登攀，也不念海拔 1918.3 米的金顶，以及那山巅广袤的“云中草原”。我只念这深不可测的海，恋这软不可触的海，好想拥一山云入怀，去窥视自己的前生，探望那不可预知的来世。

山因石硬朗而峻峭，水因山高企而丰沛。山如磁石引水至，湘赣多支水流，遥立山盟海誓，齐齐奔赴此地约会。武功山空出河谷阶地，赣江支流的袁水和禾水，以及湘江支流的渌水（萍水），温情相拥，柔情缱绻。大山抱大水，群山拥诸水，山水相连，情深爱浓。

云应水而生。我无数次仰望高邈的天上云，也好多回在飞机上近距离凝视飘浮的云，唯在武功山观云海，深感震撼。天上白云太远，舷窗边的云又太近，太远则疏，太近又昵，妙极的武功山云海，不远不近，恰到好处。这童话般的云海，白而嫩，漫而散，像柔顺的妇人，含情脉脉，又像童子的明眸，纯净无邪，如入虚幻境。抬头见云挂山头枝间，低头看云缠绕山腰，更有混沌的云，从此处漫洇开去，直到天边，云天一色。

俯仰天地间，云海雾茫茫。

有人说，武功山集黄山之松、华山之险、庐山之云、衡山之秀、泰山之峻、雁荡之瀑、石林之奇于一体，奇峰怪岩、幽泉飞瀑、佛光云海、高山草甸、奇花异草，是各种景观之集大成者。明人刘鉴说：“东南天柱有三，盖衡庐与武功。衡首庐尾武功中……乃乾坤之胜境，神仙之福地也。”（《武功记》）他们所言极是，但我都不爱。我独爱这弥漫一山的云海。

写作感悟：

山行武功，岁月风平，天下安宁。这灵性的武功山云海，从此活在我心里，伴我终老。我愿在这片云海里，化为钟鼓，响彻生命中的每一个晨昏。

江南春雨

春进江南雨为讯。雨是冷雨，霏霏雪和冷冰霜夹杂其间，有让人无法自持的料峭寒意。飘飞的雨丝止息了冬燥，龟裂像蛇蜕一般遗落在记忆的青青草原。

春雨一来，枯瘦的池塘、小溪和河流，活泛起来了，水灵且潋滟，丰润而妖娆。润肤的雪花膏、滋润霜和SOD蜜等被人悄悄地深锁柜中。有春雨这般绝妙天成的润品来滋养肌肤、锁水保湿，还要那些玩意做什么？

春来心情大好，雨润万物春润心啊。

雨润春尘，天净空。经雨洗过的江南，天蓝得透亮，地绿得失真，天地之间泛着蓝绿的光，亮逼人眼。人们的心肺畅快地舒张，胸襟豁然阔野，身上的每一个毛孔，像伸头探脑的嫩芽，有股猛烈地往外迸发的劲儿。

春风润朗起来，由硬而软，丝丝地拂人面，挠痒痒似的，让人感觉酥麻，满是享受。春发水暖，大地之水润泽起来，由冷变暖，引得喜鹊枝头闹、鸭子湖里叫，闹醒了枝叶，叫暖了水。江南春像一位刚睡醒的少女，揉一揉惺忪的双眼，伸一伸慵懒的筋骨，于镜前梳妆打扮，扮出一个惊艳美人来。青碧的大地绿的绿，红的红，粉的粉，蓝的蓝，色彩斑斓，像有一盒五彩的颜料，经由大自然的神奇画师之手，喷绘出一个生命复苏的旺盛景象。枯树穿新衣，荒野戴新帽，各色花儿草儿，欣欣然，勃勃然，积攒了一冬的劲，瞬间爆发出来。

北方有谚云：“春雨贵如油。”江南可不是这样。春雨是江南的常客，正如戴望舒的“雨巷”，淅淅沥沥飘飞雨丝，姑娘撑一柄油纸伞，款款细步，走出江南春韵。春街春巷雨为帘，掩映桃红柳绿，烟雨蒙蒙。小楼昨夜听春雨，醒来时，雾朦胧，水朦胧，人间柔情几多重。即便云散日出，一阵南风吹来，地上、壁上、光洁的桌面上…… 一应物什的表面，像是苦辛日久，汩汩地冒汗，渗挂滴滴水珠，是为回潮。南风天里，明明艳阳当空照，却是这儿湿漉漉，那儿水沓沓，好一个恼人的水世界。

雨由细丝变成粗线，由雾状升腾为豆大粒型的时候，江南便迎来仲春。仲春时节雨，落得大气奢华，“倾盆而下”“瓢泼大雨”之类的词，最初定是江南才子为此量身定制的吧。

春雨密而勤，大水顺势而涨，不知不觉间，江南进入梅雨期。黄梅天，山川浸在水中，河池泡在水里，滋滋地劲展生命的能量和自然的伟力。江南人家的屋里，发着霉，味儿重，气也不顺，像是连春日好心情也一起霉掉了，抑郁、烦躁、焦灼，不爽得很。夜游的猫也来凑热闹，雨檐下声声哀鸣，是对孤独的悲叹，亦为对雨天的悲诉吧。

新生的植物望水而欢，不怕暂涝成灾，我自欢心我自在，仰天长啸，风姿翩然。春燕与鸭喜水，任风雨无度，它们乐在其中。最美的要数水草了，见水而长，逐水而乐，随波漂摇，摇出清亮水声，是它们落在春天里的笑。

梅雨一收，江南春深春且尽。

风里像是有万千燥热的粒子，打在人身上，击出涔涔汗珠来。江南人晒收了厚厚的冬衣被，翻箱倒柜，寻短衣薄裤清凉裙，轻装迎夏来。

花信顺风传，清香依风飘。冲天香阵透江南，水岸街角处处花。香馥润肺清心，随风点点透散开来，飘在江南人的身上，落在人们的心里。南梁诗人丘迟在《与陈伯之书》中写道："暮春三月，江南草长。杂花生树，群莺乱飞。"白乐天诗曰："人间四月芳菲尽。"而江南四月，芳菲依旧盛，徐志摩和林徽因谓之的"人间四月天"，是花的海洋。

报春桃花已谢去，一粒粒青嫩的桃儿点缀在枝头，像一块块润玉。香得人发晕的泡桐花，大朵大朵，散着精灵般的紫光；素白的广玉兰，千金小姐般的高贵，华美香浓；无味的山茶花，红得耀眼，白得素洁，于无声处透着苍凉；还有那细而黄的枣花、小喇叭似的柿花，以及各色有名无名的小花，招蜂引蝶，将江南春之声"圆舞曲"，推至高潮。

亲爱的朋友，来江南看春雨吧，这里春光好，这里烟雨美，会让你诗性大发，逸性飘飞，从容潇洒走一回。

写作感悟：

江南春，雨水是魂魄。雨细雨密，水硬水暖，涸与润，丰与俭，那是春姑娘的脚步踩出的欢快节奏。春雨江南，万物繁盛，生于斯长于斯的人们素来勤劳朴实。春来晴暖，人们合着春的节拍，惜春如金，奋发向前。他们知道，水往低处流，人往高处走。他们还知道，一年之际在于春呐！

慢十分的生活

一个人回乡过年，住在父亲遗留下来的老宅里，吃在远近堂嫂们的家里。屋子已近而立之年，比我小不了几岁，满满地盛着我儿时的记忆。滋味醇香的饭菜，丝丝缕缕有我熟悉的家乡味道。

村居的日子，如天边的闲云，慢慢浮游慢慢飘。

黎明，窗外黑沉如墨，似有烛光划过，透出微弱的白亮，由暗而淡，由淡而明。此时，夜鸟鸣歇晨鸡啼，像是禽鸟的叫唤转动了光影的旋钮。日影是有脚的，一寸一寸温情地丈量村庄，从房屋上的青瓦到大地上的细沙，临幸而不遗。斜阳轻铺于冬日荒草上，影动之际，折射出亘古不变的苍凉。西天晚霞艳红，一天一地的暖意衬出今时今世的安详。

晨昏轮换间，静，是乡村唯一的填充物，是乡间不变的主题。夜里寂静，白天安静；鸡鸣犬吠时恬静，莺啼燕鸣时幽静；人来鸟不惊的宁静，我自欢心我自在的沉静；静静地，静静地，风飘日移，迎晨送昏，静静地，静静地，独坐幽里，安享宁谧。

数里外，汽车的喇叭声，刺耳惊心；身边鸡鸣鸟叫小儿嬉戏，天籁洗心。檐下滴雨嗒嗒嗒，风掠枝叶沙沙沙，沙落屋瓦，莺燕呢喃，鼠窜楼板，落叶追风，蚂蚁搬家，人过街巷，唤儿喊妈……细微而悠长的乡村之声，清甜入耳，温暖入心。

空气像洗过一般，泥土草木气息扑面而来。一缕炊烟起，一声爆竹响，这味儿里又多了一分生活的喜乐。

时光缓缓流淌，风吹过千年河流，掠过百年老宅，也拂着新修的水泥路面，细细的春雨浇过儿时的我，也淋湿现在的我，浇透日渐颓败的乡村。

这样闲淡的日子，少不了要翻书。书是几本闲书，够不上荡气回肠，却也滋味悠长。风雨屋檐下，融融春光里，西窗灯影中，翻几页书，回味几个短长句。时光恬淡，人生冲淡，日子是如此宁静而安详。睡前翻一翻，人来前客走后，胡乱翻翻，翻出几许人生清欢。

也不能不写字。无须谋思宏大主题，修辞结构条理层次之类统统勿理勿念，往木凳上一坐，翻开软皮抄，随手写几行随心的文字，洒泼心香，挥发逸兴。

更少不了去田野走一走。重走儿时的上学路，重温少年时劳作的田地，过一过当年十分惧怕的古老木桥。是重温，亦是身心匍匐大地。

自家地垄上，儿时那棵硕大的樟树，这会儿大得出奇，我一人搂抱不过来。母亲嚷嚷要卖，被我喝住。树是我成长的见证，我远离了家乡，树可不能挪移，无端地受苦。它是故乡的一部分，是不可分割的故土盛景。

这个江南不起眼的小村陈坊，是我出生的地方，我在这里生活了二十多年。走出这里时，我是故乡出产的一枚青涩果，如今归来，已鬓发斑白、人届中年。这是我的根。

落叶要归根，人要回故土。

写作感悟：

故乡让人迷恋，但现实很残酷，故乡已非久留之地，我不得不要离开，去到城市，那里有我波澜不惊的生活。带着思念，我开车出了村，前方是喧闹的城市。来时，我带的腕表走时正常；离开老家陈坊的时候，分针延后了十个刻度，慢了十分钟。看着后视镜里的故乡，我那珍贵的慢十分的生活，渐渐隐入高大柿树掩映的村庄里。

唐诗里纳凉

夏日炎炎似火烧，唐诗深处有清凉。

我有一种挥之不去的古典情结，有心无意间，期待回归唐朝，抑或舒适地栖居在与纯朴自然最亲近的唐诗中。例如盛夏，如果不是使用电脑，我会一直回避开启空调。工业文明让人酣享盛夏里的清凉，却是那么无情、绝决地与自然隔绝。

在唐诗中纳凉，对我来说，是心灵的舒展与酣享，于灵魂深处汩汩涌流沁人的诗意与凉意。

在古代，人们心平和，意舒缓，自然暑解。“宁心无一事，便到清凉山”，此所谓，心静自然凉嘛。

白居易在《消暑》诗中曰：“何以消烦暑，端坐一院中。眼前无长物，窗下有清风。散热由心静，凉生为室空。”室空，心静，由表及里，渐至清凉佳境。

现代人啊，名与利将内心填得鼓鼓囊囊，日程安排、工作进程、收入支出……将每一寸心灵空间塞得密不透风。在室内，极尽奢华地摆满各式新潮家具和时尚家电，还有名花异草瓷瓶古玩名画……如此满当，何来清风？何来凉意？所以，关门闭窗，把空调调到 25℃以下，尽情品味清凉，却是一劳永逸的现代工业味道。这种清凉是生硬的，是冷漠的，与人体格格不入。君不见，空调风送来凉爽，也赠予大量夏季“空调病”呢。

韦应物在《精舍纳凉》中说道：“山景寂已晦，野寺变苍苍。夕风吹高殿，露叶散林光。清钟始戒夜，幽禽尚归翔。谁复掩扉卧，不咏南轩凉。”一派山水自然，目之所及，清风绿叶，清凉月光，微凉钟声……现代都市，何处能觅到那一方清凉透爽的精舍呢？

树荫与凉亭，是古人纳凉的好去处。唐代诗人陆希声诗曰：“六月清凉绿树荫，小亭高卧涤烦襟。羲皇向上何人到，永日时时弄素琴。”

树阴已是城市的稀罕之物了，日日顶着烈日在大街上来去，不大又不高的行道树，无论如何也洒不出诗意的阴凉。有好事者发动“古（大）树进城运动”，两三人才合抱得拢的大树，生硬地从大山里移植至城市，孤零零看车来人往。挪了窝的古（大）树，被砍去大部分枝桠，太阳底下，只有几片如斗笠大小的阴地，如何生得凉风呀？

刘禹锡避暑之后提笔写诗《刘附马水亭避暑》，有凉亭，还有翠竹：“千竿竹翠数莲红，水阁虚凉玉簟空。琥珀盏红疑漏酒，水晶帘莹更通风。赐冰满碗沉朱实，法馔盈盘覆碧笼。尽日逍遥避烦暑，再三珍重主人翁。”

现代社会，凉亭早已失去踪影，去问问都市人：“什么是亭？”他一定会答：“亭啊？我当然知道，是候公车用的嘛！”唉，远去的凉亭，把那一份清凉的古典情怀也带走了。

最喜欢唐代大诗人王维的《纳凉》，读着读着，不觉顿生凉意。“乔木万馀株，清流贯其中。前临大川口，豁达来长风。涟漪涵白沙，素鲔如游空。偃卧盘石上，翻涛沃微躬。漱流复濯足，前对钓鱼翁。贪饵凡几许，徒思莲叶东。”这简直就是一幅唐代子民浪漫度夏纳凉图。树高大，且浓密，有清流，水潺潺，大山豁口处，山风习习，长驱直入。人卧石上，清水洗尘，双脚入水，凉从脚下起，然后，惬意地与河边垂钓者懒懒地望对，有一搭没一搭地闲聊。时光似乎都为此间的美好而留驻。

此情此景，怎不是仙境，怎不令人向往呢？

写作感悟：

在唐诗中纳凉，心静、意美、景深，清凉自然来啊。

七年一闲田

无言之时，朋友关切地问：“在想什么呢？那么深沉。”

我摇摇头，仍是无言。

我能做什么？有什么值得深沉呢？无非是发呆罢了。

这世上，没有比发呆更无益的事了。如果说，发呆是一种病，那么它的传染速度，远远超过我们的想象，因为，几乎每时每刻，我们都有可能在发呆。此刻忙碌，也许下一刻，就要发呆了。

发呆是这么一种状况，眼睛盯着一样东西看，却什么也没看见；耳朵在听风吹鸟鸣，却什么也没听见；心里，什么都想，却什么也没想……

发呆，生命在无意义地浪费；发呆，亦是生命极珍贵的休整。

所以说：不为无益之事，何以遣有涯之生？

春种一粒种，秋收万顷田。

庄户人家，于风调雨顺的年景，喜笑颜开地忙碌着；于穷山恶水的境地，愁眉苦脸地忙乎着。“良农不为水旱不耕”，良农亦不为田肥地沃而乱耕。

1988年，我在乡中学读初二。一个周末，回到家里，路过自家的承包田，看到田里，兀自长满了笔杆草，绿油油的，煞是荒疏。周围的水田，水稻迎风笑，与我家的，形成鲜明对比。

回到家里，我问父亲：“我们家的水田，为什么不种水稻呢？”

父亲乐了，说："七年一闲田啊！我们家的水田忙忙碌碌，累了七年，也该歇一歇了。"

田也会累的，给点时间，让它与风与草，发呆去！

土地在大量施入化肥之后，会板结。土地在过度种植之后，会负累。天与地，也有周期的啊，也是要歇息的。

在看《大国崛起》的时候，看到牛顿曾注目过的那棵苹果树，看似平常的一棵树，在历史上，却是那么神奇。

几百年的风雨，几百年的沧桑巨变，树早已不是那棵树，人也不再是那个闲看苹果落草地的人了。如果牛顿生活在当下，他还会没事坐在苹果树下，愣愣地看苹果落地吗？如果他没有那份闲心，那个影响世界的定律，会在当年诞生吗？

我们都忙啊，忙得自己不认识自己了，忙得没有机会发呆。忙到最后，反倒不知自己到底在忙什么，又忙了什么。

写作感悟：

闲境，乃至境；无益，有大益；不为，为有为。

我们身边卑微的生命

看《动物世界》，一只小昆虫昂首向天，迎风露接雨露，抑或低头向地，啃草根，吞土粒，快乐而执着。曾一直以为，生如昆虫之辈，是渺小而卑微的，人过三十，才知它活得轻松自然，自娱自乐。而我身边的一些人，更为卑微地存在着，挣扎着，活着。

他是一个小木匠，神态和表情，我十分相熟，像是见了老家的人。及至他说他来自余江县，我才释然，因为，那是与我老家相邻的县城，标准的农业县。

我说：“我们村里年轻人都到城市来打工了，而且，村村都差不多这样。”他接茬说：“县县大概都差不多吧！我们那一大片地方，正月没过几天，挤火车来城市谋生。”他的方言与我们的差不离，慢慢说，交流没什么障碍。

他是我的一个亲戚介绍来的，帮我新家做木工装修，手艺不错，也很勤快，原定一个月做完，他日做夜赶，二十天就基本上完工，剩下的等油漆过后，半天就能收尾。

一个星期后，油漆完毕，他再次被我叫来，做扫尾工作。厨房里的橱柜，表面贴的是防火板，由于涂抹胶水不均匀，边线四周有残存的胶水印迹，怎么除也除不掉。我把这事给他提了，他二话没说，到建材市场买来两瓶“香蕉水”（学名二甲苯，有毒），用抹布蘸一点，然后擦拭。屋里顿时弥漫着一股浓浓的刺鼻气味，有点像臭鸡蛋的味道。

我也像他一样，用抹布蘸一点“香蕉水”，手指立刻有火烧的感觉，极不舒服。

他说：“你们读书人，细皮嫩肉，怎么能吃这样的苦？”

我问：“那你怎么能忍受呢？”

他说：“用手抓算什么，有一次做事太困了，口渴时，一把抓起装了‘香蕉水’的润田纯净水瓶子，猛喝了几口。”

我倒吸了一口凉气，惊问：“你洗胃了没有？这可是有毒的东西。”

他笑了笑，云淡风轻地说：“没事，灌了几口自来水，就没事了。”

他真的没事，和我说起这等惊心动魄的人生插曲，居然像是说别人的故事，嘴角还挂着浅笑。而我，有几次在梦里遇见这事，分明看到一个受极端苦刑的年轻男子在流泪，目光流露出无助和无奈。

这是我居城十年后，第一次直面并切肤般感受到其苦其悲的卑微的生命。曾经，我和他一样，同属一个群体：农民。

1998 年，家乡遭遇洪水，等洪水退出田野，我和母亲便从灾害那里抢回那残存的一点稻谷。有一个细节，今生已无法抹去，任何时候想起，都足以让我恐慌无措。那时，我抱着一把稻穗到打谷机里去脱粒，一条青花蛇嗖地从禾把里钻出来，滑过我的手，从我鼻尖窜出。我是一个患有“恐蛇症”的人，刹那间，人都给吓晕了，瘫在泥田里，半响不动。

而母亲一个人坚持了五年“耕妇岁月”之后，因体力不支，罹患永久性腰疾，身体早早地，不可逆转地变坏了。这是一个失去丈夫的农村妇女的卑微身世给予的无情馈赠。我的母亲却对自己身体的变坏不以为然，她说，村里的二狗，才坏得彻底呢。

二狗是条壮汉，身体好，力如牛。

这么一个壮劳力，勤于耕作，却难以养家糊口。在一个花炮四起的正月十五，他选择了进城，和所有打工者一样，凭一身力气，挣钱养家。惟一不同的是，他是一个极度念乡恋家的农民，所以，他只进离家最近的县城——方便照顾家小，便于照看田地。

那是一个极为酷热的暑天，他老婆托人带话来：田里的稻谷患了稻瘟病，有空就赶紧回来打农药吧！他在县城买了一瓶“多灭灵”，价钱比乡里便宜两毛，这让他一路含笑。

回到家里，正晌午，是一天最热的时候，他一放下行李，就背上喷雾器下田去。稍有常识的人都知道，这么热的天，去喷洒农药，是非常危险的，农药中的毒素，很容易趁热挥发，将人击倒。

二狗为了能尽早赶回县城打工，已顾不上那么多了，只想赶快打完农药，然后，赶末班车回城。结果是，他没能赶上回城的班车，而是倒在正午的田埂上。

家人费尽九牛二虎之力，倾其所有，送他去曾打过工的县城的医院，命保住了，但毒素侵略过深，神经受伤，人变得手脚不灵活，并且，处于半失聪失明状态。

我再见二狗，是他出事那年的一个秋日，田野金黄金黄，空气里尽是稻谷的清香。他在稻田里很艰难地做着农活，动作机械，一如当年我曾跳过的霹雳舞。见我，他笑了，是那种半笑不笑的机械笑——秋日里，他是那么卑微，如摇摆的狗尾草，表面绒绒的，却注定是衰枯的命运。

也就是这个秋天，我目睹比草更卑微的人的生命的消失。他是村里的木匠，名叫熊仔，五十好几的人，被人唤来唤去，他像个小孩似的，应得不亦乐乎。他是一个非常开朗的人，全村老小没有谁不对他的笑声记忆深刻。然而，这么一个极为乐观的乐天派，在一个秋雨的黄昏，选择一根麻绳了结自己的一生。

起因是他断了三根手指，右手一根，左手两根。熊仔的老伴哭得昏天黑地，后悔没有把他的话当话，以为他想死只是一时气糊涂才说的。

熊仔自尽的理由很简单，手指断了，木工做不了，种田又不在行，活在世上只是累赘，给儿女添加负担，带来麻烦。

我们无法批评熊仔的想法做法之极端，因为我们无法体会那卑微的生命仰望头顶天空时的急促与慌乱。谁不想好好活着？谁不想无忧无虑地行走在这个世界上？可是，我们身边卑微的生命，如疾风打过的浮萍，是沉没，还是挺立，有时，只取决于风向，或者风力。

行走于城市坚硬的柏油马路上，我觉得自己是一个卑微的人，回想曾与自己同属一个群体的一些人，我真正地发现，我是一个卑微的人，但不是卑微的生命，因为我还有世俗的幸福，尽管也有世俗的烦恼。有时，我觉得自己还得向《动物世界》里的昆虫学习，抬头低头间，要保持幸福的心和快乐的表情。

可是，我们身边那些卑微的生命向谁学习呢？或许他们不需要学习什么，因为自己已炼就一副铁身板，而且岁月的风霜打造了一个属于他们的价值体系：隐忍、坚强和不屈地奋争。

承载这一特征的，是一条条卑微的生命。

写作感悟：

如此沉重的话题，搁心里太久，便想倾泄出来。写完这篇，我心依然不轻松。现实的沉重，乡村的苦痛，让我不得安心。不在其中，不知其味。我卑微的生命，是上苍赋予大地的最美旋律，让我聆听到希望之声。

唧唧堂前燕

春来风暖，故乡的燕子是一把把黑色的剪刀，爽脆地剪去一冬的寒枯，剪来一片大好春光、一个繁花似锦的新时景。

小时候在乡村，见过不少鸟儿，大都说不清它们的名字，只能凭借独特鸣声，认出布谷、斑鸠和燕子这三种。麻雀倒也识的，只因它多，时时处处皆能见其身影，多到大有忽略其存在之意。麻雀无心却也效果良好地提醒人们它的存在。相对燕子而言，故乡的人们是不喜欢麻雀的。它春日害稻种殃秧苗，夏秋与人稻田争食，抢夺穗上金黄谷粒。散落乡间各处的稻草人，主要是防麻雀。吓唬吓唬就行，人们一度将麻雀列为“四害”而无情打击，就有些过了。过与不及，都不好，害人不浅。

秋去春来的燕子，雨前返乡，堂前筑巢，叽叽喳喳，人们亲切地唤作“家燕”。小时候，母亲这样翻译燕鸣：“不要你的油，不要你的盐，只要你家梁上的一个枝！”最为传神的是这“枝”，燕叫声声，婉转悠长，不论前曲的长短，也不管内容几何，最后定是以“吱声”作结收尾。

春燕归来时，人们的心情是好的，笑容是足的，梦想大门洞开，开启一年的好愿景。乡民少有人知晓“似曾相识燕归来”之类的诗句，浪漫不归他们，但不妨他们放浪形骸于春光里。不懂诗意的他们，在暖融春光中，和春燕一道，用自己手中的锄头，用精耕细作的方式，在大地上吟诗作赋。

燕是所有鸟雀中与人最亲近的，乌黑通灵，与人睦邻友好。它筑巢于堂前，安家于人居，繁衍子嗣，培育后代，并由此启程前往辽远的南方之南。春来秋去，秋去春来，情牵心系故里，往来不绝，燕子在岁月轮回中，生生不息。

家燕是吉祥鸟，没有谁家不盼它念它喜欢它，哪怕它也会带些烦恼来，例如打燕巢里落下沓沓白稀泥般的燕粪。也不会在意，若嫌此有碍观瞻，人们就会在巢底下安放一小块挡板，一劳永逸地除去烦恼。偶有学飞的或失足的雏燕扑落于地，孩子们喜欢抓来玩耍。大人瞧见，必会喝斥，小心从孩子手里托回小燕儿，爬上楼梯，送它回巢。

小时候，堂姐坚坚心喜雏燕，总是在燕妈妈出去觅食的时候，取一燕宝宝捧在手里，用爱怜温柔的目光打量它。估摸燕妈妈快要飞回，又悄悄地将之送回巢。她不嫌烦琐，只贪恋与在手的燕儿那一相视的温柔。

燕鸣晨间，声声甜脆声声暖，呼唤沉醒的乡村，催人勤勉。阳光下，风雨中，燕燕于飞，是乡间宁谧的标志风物。夜来，燕声愈来愈温软，应着远远近近的犬吠猫叫鸡啼，和着身边孩子的磨牙夫妇的呢喃，好一派宁馨乡景。

父亲对燕子情有独钟，购买家庭特大件——自行车的时候，各色牌子都不要，只选“春燕”牌。这部自行车是我们全家的骄傲，承载着父亲的希望。父亲骑行“春燕”，从贫寒出发，引领家庭驶向幸福。一路走来，“春燕”伴着父亲，春燕陪着父亲，不了的燕燕情。

燕去燕又归，那个燕归的春夜，父亲遽然而去。这个原本幸福祥和的家，从此塌了天，陷了地，不复完整。从此，母亲独守偌大的空屋，堂前燕不懂人心事，依旧鸣叫得欢。燕去燕会回，而父亲去后，怎么就不复归来呢？思来想去，潸然泪下。

母亲断断续续来城里和我居住，老屋就空了，大门一锁，家燕有家不能回。人世间，悲莫悲过有家难回。燕儿们何尝不是如此呢？

2008年，母亲来省城做开颅手术，术后一直和我生活在一起，三代同堂，其乐融融。母亲启程来省城之前，决绝地做了一桩她无法下手的残忍事——亲手捅毁了燕子的巢穴。母亲说：“长痛不如短痛，这一捅，就是要断了它们回家的念想。”

老屋一关就是好多年。

乡村家家如此，偶有几家人住，都是老人带小孩。走了一位老人，就关一个屋门。农村迈入老境，渐渐和那些离世老人一样，奔波在去往另一个世界的路上。可苦了那些家燕们。没有堂前，没有家梁，它们到哪儿做窝，在哪儿安家，去哪儿繁衍生息呢？回乡的它们，唯有悲苦惨淡做伴，但它们仍强作欢颜，吱吱鸣叫，是悲做欢声么？

父亲亲手建造的老屋，落成于1986年。一晃过了二十多年，我没有对这一祖业做任何修补工程。直到2010年，大姐告知老屋北面木窗彻底腐坏，得及时更换，屋瓦问题也不小，得彻底“检漏”，要不然漏雨灌风，对屋不好，它会衰朽得更快。是年春，我对父亲缔造的屋宅进行第一次大修。大姐请来几个帮工，我约来几个亲戚，并亲自监工。就在那短短一天时间内，家燕飞来飞去，燕声不断。这群燕儿定是1987年春天安营扎寨于我家的燕子的后代。这会是第几代呢？它们一代代飞越千山万水，长辈带晚辈，一代带一代，不远万里迁徙，终究还是认得我的家，回到它们自己的家。这群燕子，在母亲捣毁的堂前燕巢旧迹处衔泥做窝，围筑成一个家的初步轮廓。

我走的时候，关门落锁前，看着燕窝的“墙基”，念及它们仍将无家可归，忆及父亲的离世和母亲的健康，不禁悲从中来，欲哭无泪洒。

燕子一辈又一辈，来了又离去，它仍认得自己家，识得旧时主。一晃又过三年，我一个人静守暮春风雨，再次修缮父亲遗下的老宅——北边的青砖墙，历经风霜雨雪，出现败迹，我让二姐夫找人用水泥粉葺，使其牢固。

这两天，家燕来来去去，欢快无比，它们一别三年，没进这个家门，叫声连连，尽是思与念啊！这两天，在三年前的旧迹上，燕子辛苦劳作，巢穴已初具规模。如果按照代际算，一年一代的燕子，今年的它们是曾孙接续曾祖之未尽事业，继续未竣的“安居工程”。世上所谓的生生不息、所谓的执着顽强，大抵如是吧。

唧唧堂前燕，楚楚心中念。

不忍听闻，不能闻听。假日结束，我又要走了，大门合拢之际，燕之家族在门前电线上站成一排，声声泣血声声悲，让我酸楚难忍。

写作感悟：

作此文是2013年劳动节，谨向堂前家燕致以最深的歉意！此文发表后，每年燕归时节回故乡，仍能看到家燕的身声，听到它们在春光里欢叫。恋恋家燕，念念春燕，你们，现在还好吗？

心要多野才能这般淡雅从容

幽对显，寂对喧，家养对野生。

野生，野生，是个活脱脱的好词，自然，随性，顺天而生，应地而长，顺势而为。吸天地之精华，成一家之绝唱。由此打量过去，思量过来，野性之“野”用在“野心家”上面，着实玷污了这个清雅素静的好字！

一夜风狂雨骤，一早沐浴春光，闲来无事，我一人去荒野里走。乡村人散去，田地荒芜，杂草疯长遍地。入山林，风吹树梢声声凄，凉意四溅。风声里，间或传来鸟鸣，举目无人，山空林寂寞。少有人去的田野山野，愈发野性十足。

林稀开阔处，但见一农妇在荒地挖花生苗。

我问：“这地里怎么稀稀落落长了这么些花生苗呢？”

她说：“这块地去年人家种了花生，收的时候，没收干净。转春水润，这些遗落的花生，就发芽长出来了。”

噢，原来如此。那她为什么要取挖这些花生苗呢？让我糊涂不已。

她说：“我家地里种了花生，种子被鸟雀刨挖出来，吃掉不少。我把这些花生苗，挖到我自家地里去‘填头’，补齐，好看，秋后收成也会好。”

我问：“那你为什么不让它们生长在这地上，等到秋天再来收就是了，省得麻烦。”

她惊诧万分，说："那怎么成？别人地里的东西，我怎么能去收呢？"

我说："现在这花生苗也是别人家的东西，你不也在挖吗？"

她说："这是野生的，别人不要，我挖去我地里'填头'之后，照料好，秋天才可以收。"

苗是野生的，可以自由取，果亦野生，只因长在别人的地里，就不可越雷池半步。这是什么逻辑？越发糊涂了。

山风吹来，呼呼响，突然顿悟——野山野地野花生苗，"粗野"农妇有着一颗玲珑剔透的"野心"。这一"野心"是原初之心，冰雪般净洁，荷花般高洁，仿佛从远古飘来的天籁之音，又像是高山密林里的潺潺清泉。混迹都市多年，我早已丢失这一质朴的"野心"，于是，在故乡的山野里，面对这个陌生农妇，有了这一连串令人汗颜的惊天问号。

我满心糊涂，衬出她心如山泉般澄澈。

人要多野，才可以像原住民的心那样简单明了？心要多野，才可以像这个山野妇人这般淡雅从容？这么想着，再看她粗糙的脸，其实内里透着一股清雅之气，粗布粗衣裹遮的肉身里有一种不可小觑的庄致与从容。你可以说她粗陋，可以嫌她脏污，但她打心里透出来的淡雅从容，足以让很多出入高贵场所的人们失色。

写作感悟：

淡雅从心溢，从容从野来。

闲　人

出入尘世间，常见门上挂一牌，上面赫然写着“闲人免入”，原生态的四个大字透着粗野气息，蓬蓬勃勃，像四位敬业的守门神，怒目圆瞪，把闲人拒之门外。

人家温和又不乏威严地劝告，就没必要去用热脸凑冷屁股了，闲人只好落寞离去，空遗一道孤寂的背影。浮云天上游，清风世间飘，闲人只在自家门里坐。被人拒入，闲人也不恼，更不怒，不入就不入嘛。入不了别处的门，更敲不开森严机关、保密大院的大门，闲人只好隐居在自家门内，寂然，淡然，安然，呆若木鸡。

不得不佩服造字先人对“闲人”定位之精准——一个人无所事事，躲在门内，木然静处。

闲人，被人嫌时少，被人拒也不多。除了告示莫入的去处外，这个世界为闲人提供了广阔的空间——繁茂的森林、浩瀚的大海、幽静的庭院、明澈的溪流、无边无际的旷野、无穷无尽的道路、山峰之巅、明月之下……

风声阵阵，是世界对闲人的深情呼唤；星河皎皎，是世界向闲人发出的邀请。

呼应世界，闲人不再闲，在路上，马不停蹄，赏“乱花渐欲迷人眼，浅草才能没马蹄”的绚烂，品“春潮带雨晚来急，野渡无人舟自横”的静幽，叹“飞流直下三千尺，疑是银河落九天”的壮丽，与散学归来早的孩子一道安享“忙趁东风放纸鸢”的童真，和快乐农夫一道“把酒话桑麻”，感受泥土芬芳的田园气息……他返朴归真，不上网，不读报，不发短信，不看电视，不打电游，不问股市，不理楼市，一心一意融入自然。

如果按拆字来理解，忙是心死，而闲是木然于门内。都愿木然发呆，谁愿心亡呀？

闲散有真趣，闲情更真味。闲，总在细微处发酵，浓烈似酒，味甘醇厚，香飘千里。王摩诘诗云：“人闲桂花落，夜静春山空。”桂花细细碎碎，落入草间，轰然作响，一地金黄，只有闲人听得见，唯有闲人看得清。

闲，是贴在文人身上的标签。人闲了，才有时间行路千万里，才有机会读书破万卷，见多识广，自然有话要说，有意象要表达，越写越多，越写越好，瓜熟蒂落成文人。闲，也是科学的烘焙器。如果牛顿当年忙东忙西，哪来的闲情悠然独坐苹果树下，看风落果。历史上，要是没有他那次闲坐，看苹果从树上掉下来，也许，力学定律就迟晚好些年呢。

如是观之，闲人里头冒出来的先知先觉、达人贤人，令人叹为观止。

闲生静心，心静则安。一个人进入闲静安恬之境，无忧无虑无愁苦，无欲无求无烦恼，如禅入定，如木安立。此境此态，不擦出点思想火花，不掀起头脑风暴，才怪。

闲人让人羡。鄙人从教多年，一直以来，享受近三个月的带薪寒暑假，闲来无事，就坐在家里翻书赏乐，人称“坐家”。心血来潮，也会去山林觅野趣，去乡间访故土，去远方会友人，如此我唤作非常态。闲人的常态——随便坐在哪里，随便走在何处，都是静静的，木木的，发发呆，无思无求，也可以无所不思，无所不求。

午后，静坐老屋木椅上呆愣，捧一本古书，字没看进几个，心散如天空的絮状云朵，清越的风声声声入耳，忽儿一个激灵，人活泛了过来，只因这一佳联："忽睹天际彩云，常疑好事皆虚事；再观山中古木，方信闲人是福人。"

写作感悟：

人闲是福至，闲人是福人。

第四辑
一鸣惊人

做有价值的派

咸鱼翻身的故事，有浓浓的“鸡汤味”，“励志 + 煽情”的路数，满满的都是正能量。

当今的演艺明星，有这么一拨人，以唱歌出道，却凭借演戏咸鱼翻身，红遍天下。香港明星张卫健就是其中的典型。出道前，张卫健连续三年参加新秀歌唱大赛，十九岁那年，勇夺冠军，但并未因此走红。后来，张卫健转场在电视剧里露脸，小打小闹小角色，直到出演《老友鬼鬼》中的尚天堂，迅速红遍香港，又因饰演方世玉，在大陆走红。再后来，张卫健在《小宝传奇》中演男一号，一夜爆红，家喻户晓。剧中，他常吟诵：“凉风有信 / 秋月无边 / 亏我思娇的情绪好比度日如年 / 虽然我不是玉树临风 / 潇洒倜傥 / 可是我有我广阔的胸襟加强健的臂腕。”他那一句“我有我广阔的胸襟加强健的臂腕”像是给自己代言，派头十足。按下“咸鱼翻身”不表，也来转场，讲讲张卫健的做派。

做派，是每一个功成名就的艺人每天要做的基本功，所谓的“拳不离手，曲不离口”，说的就是这个意思。当然，单单从字面上去理解，就是要把派头做得足足的。

在一档演说类电视节目里，嘉宾张卫健讲了一个自己做派的故事，听来让人感慨万千。

那一年（考察其年表，估计是 1995 年），张卫健处在人生的低谷，失业一年多，口袋里只有最后的 5000 港币，事业何去何从，人生方向在哪，深感迷茫。就在这时，他接到一家唱片公司打来的电话，请他去台北谈合作。

人穷志不短。张卫健觉得虽然自己没几个钱，但明星的派一定要做出来。于是，他用 1500 元买了往返的经济舱机票，花了 2500 块预订台北最高档的酒店、最豪华的总统套房，用最后 1000 港币在酒店订了一辆豪华奔驰房车，来机场接机。

下飞机，唱片公司来电说，大家都忙，找不到人手来接机，麻烦你自己从机场坐计程车进城。他晕了，那豪华房车，做给谁看呀？比窦娥还冤的 1000 块啊，白白浪费了，心疼。

当晚十点，唱片公司将会派人来酒店谈合作。提前半个小时，张卫健就忙开了，找来五个杯子，泡好五杯咖啡，把两包烟拆开，点燃，吹一吹，烧一烧，一一掐灭在烟灰缸里。

这一切做停当了，叮咚一声，人来了。唱片公司的人见屋子里烟雾弥漫，咖啡还冒着丝丝热气，烟灰缸里积满了烟蒂，满是疑惑，问："有客人来过？"张卫健应答自如："刚刚环球唱片的老总带一帮人来谈过，谈得蛮开心的。甭管他啦，我们谈我们的。"一听环球唱片也来约张卫健，这家公司紧张了，心想，一定要把这个张卫健搞定。

一周后，他们正式签约。三个月后，唱片灌制成功。第四个月，做完宣传，唱片投放市场，热卖。没过多久，台北方面来电："张卫健唱片大卖二十万张，恭喜你红啦！"张卫健用心做了一个价值 5000 元的派，大获成功，这"派"就像是一座电梯，让他从地狱直升到天堂。

人生有高峰，自然有低谷，有高潮，必然有低潮，当一个人身处低谷和低潮的时候，就像张卫健那样做一个有价值的派，把自己推送至高峰，迎接高潮的到来。张式成功之“派”，其实不可复制，除此之外，做派，还有其他路子吗？先看看下面这个小故事吧。

一位年轻的画师成天忧郁，因为他的画作总难卖出去。这天，前辈见他闷闷不乐，向他了解情况，知道他的苦闷后，问：“你画一幅画需要多久？”年轻的画师说：“我一天就可以画成一幅。”前辈语重心长地对他说：“你用一天画出的画，一年也卖不出去。你为何不把这两个时间对调一下？用一年的时间去作一幅画，结果也许会如你所愿。”年轻的画师所有顿悟。此后，他用长达一年的时间创作了一幅画，展出当天，就卖了高价。

一个人的派从何而来？时间。有人可以给你钱，却不愿意花时间陪你；有些人一时心血来潮，激情澎湃，却不能长久坚持。派，偶尔可以花钱做出来，但真正的派，只有经时间的烘焙，才能弥漫出芳香来。张卫健也不例外，如果他没有之前长期的歌唱训练，哪里能做出有价值的派来？

写作感悟：

一个人的派是沉浸在时光海里的珍珠，是悄然融入生命的高贵尊严。就让我们不计时间成本，以爱的名义做派，与幸运握手，和幸福缠绵。

柯利明的成功之道

连日冬雨，窝在家里翻书，被一句有意思的话深深吸引：“很多事情其实没有那么可怕，对于恐惧电脑的人来说，最重要的就是插上电源，开机！”

人生多少事，重要的是做起来，不管不顾，梦想再美好，没有实干去支撑，终将沦为空想，空留人生遗憾。不由得想起投资达人柯利明来。对于一个没有资源、没有人脉，也没有多少钱的影视行业的“三无人员”来说，他要投资做电影，最重要的是做什么呢？

柯利明的回答是——买书。

他把一本本畅销的网络文学作品买下来，至于能不能拍电影，拍出来会不会受欢迎，暂且不管。为此，他专门成立了一家图书公司，搜罗天下好书。不得不为他这种超前思维击节赞叹。那时，业内有个很不好的风气，拼拼凑凑，复制粘贴，轻轻松松就能搞定影视脚本，缺乏对原创作者本应有的尊重。柯利明以三五万元的“白菜价”收购了一批热门的畅销书版权，时隔不久，其中不少作品已跃身为铂金价。

一个热门“IP”（Intelletual Property，指知识产权）的搜集者、一个奇迹的发端、一处不绝的财源，从“三无”到“三一”，柯利明华丽转身，从尊重他人出发，顺利抵达别人未曾到达的成功之境。

本是影视圈外人士的柯利明，因为从小爱好文学，加之喜欢李小龙的电影，跳出投行圈后，一心直扑影视圈，欲以投资理财的金融思维来做影视。生意做得精，做得好，无非上紧，外加上心。他上紧，不等不靠，主动出击，购买 IP 版本，缚扼住了行业的“七寸”，没乱花一分钱，没多走一步路，一切都在他“大数据”的算计之中。他上心，潜心研究，尊重文学和影视规律，尊重作者，尊重导演……尊重自己的选择和愿望。

试水电视剧，柯利明推出了《铁齿铜牙纪晓岚 4》《前妻车站》《北平无战事》等八部作品，取得骄人的业绩。《致青春》是他转战电影的首秀。从作家辛夷坞手里买版权，到请演员赵薇来执导，柯利明以敬重之心，以尊重之举，亲手浇开了成功之花。《致青春》以区区 6000 万的投资博得 7.2 亿的票房，创下业内奇迹。之后，他参与投资的《老男孩之猛龙过江》《小时代》等系列电影，叫好又叫座，不尽财源滚滚来。

柯利明左手电影，右手电视剧，左右逢源齐开花。2015 年，两部热门电视剧《琅琊榜》《芈月传》都是柯利明投资的，圈内圈外，像是神话一般的存在。

三十二岁那年，他的影业公司以数十亿的高价被人收购。这个当年的“投行男”，硬是以其对作品和艺人的尊重和敬重，博得掌声一片，迎来人生收获季。

一个人尊重什么，敬重什么，那么他所得的回报，有时是无法估计的，就像“80 后”投资人柯利明那样。

不怕你不想，就怕你不做，做着做着，门外汉也会成为行家里手。投资影视多年，柯利明已深谙其中之道，总结出热门 IP 的八字决：生死、贫富、爱恨和困达。如果故事情节与之相符，那么，柯利明断定“大多数情况下，这部作品将会极其精彩”。看，一个投资人都快成文学精了。

你尊重别人，尊重市场，再加上跨界思维，勤勉地工作，就没有不成功的道理。也许，柯利明“是这个行业开始见顶的标志”，不具有可复制性，但他的成功经验可以在任何一个行业拷贝，就是尊重他人，成就自己。做到这两点，上帝沿途洒下的花种，风雨过后，会一路为你绽放，馨香四溢。

雨消散了，久违的冬日暖阳落在书本上，一股力量在温暖的引领下，潜入我心。愿我心照亮你心，一起分享柯氏成功之道。

写作感悟：

尊重他人，成就自己。

风格与水平

1

2015 年：西班牙，坎塔布里亚。

一场公路自行车赛正如火如荼地进行，选手们你追我赶，好不热闹！最后冲刺，意外发生了——三十二岁的车手伊斯梅尔·埃斯特班 (Ismael Esteban) 的自行车突然爆胎。此时，他距离终点线仅仅三百米，骑行已不太可能了，无奈之下，他扛起赛车，一步一步，坚定地走向终点。紧随其后的是三十七岁的选手奥古斯汀·纳瓦罗（Agustin Navarro），只要他保持现有的速度，轻轻松松就能超过埃斯特班，夺得铜牌，但他被竞争对手埃斯特班永不言弃的体育精神深深打动，故意放慢速度，尾随其后，直到终点。

埃斯特班和纳瓦罗，一前一后越过终点线，现场响起雷鸣般掌声。

2

2011 年：南昌，莱茵幼儿园。

每天下午五点，我都会准时接女儿回家。女儿不乐意了，恋恋不舍，拉我去园内小操场玩。迷你塑胶操场上有个二三十米长的小小跑道，女儿要和我比赛跑步。不拂她的意，乐呵呵地站在跑道的起点，比比划划，准备妥当，我夸张地高喊；“预备——跑！”父女俩快乐出发，向终点冲刺。边跑边给女儿喊加油，颇有节奏感。我高抬腿，加快节奏，跑的步子却没有几寸宽。

跑到最后，当然是女儿率先到达终点，赢得胜利！

3

1989 年：东乡，马圩中学。

念初二，语文老师饶怀中先生对我十分器重，激励我好好写。他在班上公开宣称：“陈志宏同学作文写得好，是当作家的料！”1980 年代，这样的话，对一个爱好文学的孩子来说，该是多大的鼓励呀！学校举行作文竞赛，每班派三位代表，饶老师指定我参加决赛，觉得我一定能在全校比赛中夺冠。然后，班上组织一场严格的预选赛，选出一男一女两位同学，陪我一起走进比赛现场。

结果却是戏剧性的，原本做陪衬的他俩分获一二等奖，而我这个种子选手，偏偏名落孙山。

4

赛场如战场，有输有赢，依靠个人水平，外加一点运气，夺金牌，争荣誉；赛场不是战场，需要风格来提升格局，增加格调。有比赛的地方，自然会有人喊出响亮的口号——“赛出风格，赛出水平！”现场评委和观众透过选手的水平来欣赏比赛，看到竞技之美，又通过风格来感悟比赛，感受人的胸襟与情怀。赛场需要水平，更呼唤风格。

坎塔布里亚公路自行车赛颁奖仪式上，埃斯特班欲将荣誉转赠给纳瓦罗，但遭到了婉拒。纳瓦罗表示，自己不会在快到终点时超越一个爆胎的对手，那样取胜是不道德的！幼儿园的跑道上，我能轻松胜过女儿，结果每每取胜是女儿，只因她冲到终点，取得胜利，那开心之态、得意之笑，让我永远难忘。全校作文比赛上，我惨遭滑铁卢，也许太过紧张，导致发挥不正常，客观上，算是发扬风格，让位给陪衬选手……

写作感悟：

水平是比赛的生命，形成焦点和看点，但仅限于水平，任何比赛都将失之大格局，缺乏人文风景。每一场赛事都需要用风格打底，让人性之光照耀全场，胸怀和水平在赛道并驾齐驱，从起点一直到终点。比赛结果的冷，可以被善良之心捂暖，比赛结果再无情，有风格支撑，也会温柔多情。

时间给出的答案

朋友喝醉了，我开车送他回家。行至半道，他控制不住翻腾的胃，想吐，车未停稳，便急急地打开车窗，伸头出去，翻江倒海一般，狂呕起来。

他说：“对不起啊，把你的车搞脏了。”

我说：“人没事就好，车脏了可以洗。”

他说：“我包了洗车卡，明天你拿我的卡去洗车吧。”不管不顾，把卡塞到储物盒内。

次日，看着副驾驶那边车门上恶心的秽物，看着就难受，不洗不行。把车开到包年卡的那家洗车店，水泵坏了，没办法洗。想起昨天朋友硬塞给我的洗车卡，打开储物箱一看，这哪是什么洗车卡，是他单位食堂的饭卡。

一般来说，都是我自己洗车。原因很简单，我包卡的洗车店，那几个小伙子，车内卫生搞得很马虎，让我很不满意。自己洗，车身也许洗得不算干净，但车内角角落落，都擦拭得仔细、纤尘不染。隔一两个月，才会去店里，用卡洗车。我包的年卡，120 元 10 次，平均一次 12 元。店里洗车，好处在于，他们用泡沫加高压水枪，把车身洗得洁净透亮。

这次，我实在不能接受自己手洗呕吐物，所以要找洗车店，偏偏这家水泵罢工，只好另寻别处。把车停在一家洗车店门口，老板迎上来，告诉我：“一次 30 元，如果包年卡，25 元一次。”掏出我包的年卡给他们看，说：“你看看人家，一次才12元，够你这里洗两次。”老板说：“一次30，也不贵啦，我们会好好洗的，就挣一点人工费。”

说得也在理。贵就贵一点，就洗这一次吧。前面的程序和我包卡的那家一样——高压水枪冲沙尘，喷泡沫，再用抹布擦洗，最后，用高压水枪冲净。洗车的小伙子手握水枪，上下左右喷射水花射出优美的弧度，动作得体，手艺娴熟，看得人很舒服。难能可贵的是，他在水花四溅的洗车房里，脸上居然挂着一弯浅浅的微笑。

车从喷淋房开出来后，那个小伙子取车垫去冲洗，两位中年妇女先是擦干净车身上的水珠，然后低头弓腰弯膝擦拭，像是给自己的孩子沐浴。屈身进车内，直身在车外，她们像翻飞的蝶。不由地暗自惊叹，车还可以这样被人洗啊！

出浴后，爱车洁净如新，连轮毂缝里的脏污都没有藏身之地。

买单的时候，我习惯性地跟老板还价：“第一次来你这里洗车，就给点优惠嘛，算包卡价25元，行不？”老板打哈哈，最后还是收了30元。临别，我略显生气地说：“这么贵，以后不来了。”洗车的小伙子温和相劝：“你一定还会来的嘛！我等你啊。”洗车女工也说：“我会好好洗干净你的车。相信你一定还会再来的。”

此店虽小，事也不巨，工作还有点卑微，但他们都有满满的自信。

回去的路上，想起最近爆红网络的广告《致匠心》。片中，音乐人李宗盛说：“世界再嘈杂，匠人的内心绝对必须是安静、安定的……手艺人往往意味着固执、缓慢、少量、劳作，但是这些的背后所隐含的是专注、技艺、完美的追求……一辈子总是还得让一些善意、执念推着往前，我们因此能愿意听从内心的安排，专注地做点东西，至少，对得起光阴岁月，其他的，就留给时间去说吧。”是啊，这一男二女三个洗车工，在水花四溅的环境中，在擦擦洗洗的流程里，他们的一招一势，不都透露出独具的匠心吗?

如他们所料，一个月后，我又去他们店里洗车了，而且还包了一年500元的年卡。

所谓匠心，就是专注、忘我、投入，超越平凡自我，飞越世间凡尘，是“但行好事，莫问前程”，也是“只管耕耘，不问收获”。一个人依匠心行事，就那么做着，不管结局如何，时间都会做出一个恰如其分的判断。

写作感悟：

如今，全社会都在呼唤工匠精神。是啊，只要心存一颗匠心，时间会给出一个让人惊叹的完美的答案！

误和助

育儿领域，有个渐为人知并逐步被人接受的理念：多夸夸孩子，好孩子是夸出来的。

将此理移至成人世界也管用。受到表扬，哪个不是笑得如花般灿烂？得到夸赞，谁人心里的幸福不是如喷泉般翻涌？从这个角度说，夸奖是成人的兴奋剂。

夜读书，一个过度依赖“兴奋剂”的悲剧故事，让我感觉后背有阴风袭来，拂凉了心。

话说有个文学青年写过几篇得意之作，想找高人指点。一次，有幸见到仰慕已久的著名作家陈忠实，兴冲冲地将自己的作品呈送去斧正。也许是出于礼貌，或许是抱持鼓励新人的态度，陈忠实先生礼节性地说了几句夸赞的话。得到了著名作家的夸奖，这可了不得。此人如获至宝，誓将余生做赌注，一定要写出像陈老师那样的惊世大作来。他一头钻进文学世界，创作成了自己活着的惟一意义，荒废了工作，冷落了家人，日子过得清苦而艰难。多年过去，他仍未写出巨著来，直至中年，让自己满意的佳作也不多。壮年已逝，前途仍未卜。

文章没出彩，生活也没了亮色，苦守偶像对自己的那几句溢美奖励之辞，虚活了那么多年，到底值不值当？

看来，夸奖不是施予谁都合适的。一句表扬，反误了清朗岁月，虚度了美好年华。

被人羞辱后，你会有怎样的反应？多数人难逃以暴制暴、以恶制恶的怪圈。文友石头的经历却似一朵别致的小花，励志、美好，有标志性意义。

二十几年前，石头从一所卫校毕业，分配在大山深处的一所乡卫生院工作。空闲时节，他喜欢去乡中学找年纪相仿的年轻教师玩，就这样，和一个刚从师专毕业分配来的老师认识了。他教语文，收藏了不少文学书籍。这让石头心生羡慕。有次到他的宿舍玩，看到了一本小说《复活》，便提议借回去看看。是本外国小说，人名长得令人窒息，石头翻了几页就读不下去了，没过几天就还了回去。没想到，借书容易还书难。

语文教师用很不屑的口气，对他说："这么快就看完了？"石头不好意思地笑笑。语文教师说："我考考你。这本书的作者是谁？"石头无奈地摇摇头。语文教师轻蔑一笑，说："我说嘛，你一个小中专生，能看懂这世界名著，那太阳不就从西边出来了！"

面对如此伤人自尊的羞辱之语，石头一句话也没有说，脸涨得通红，不顶嘴，不回话，沉默以对。事后证明，当时的沉默不是默许，而是如鲁迅先生所言——在沉默中爆发。

从他的宿舍出来之后，石头再没踏进过那个门。遭受这次羞辱，石头像是变了一个人，特意托人从县城的书店买来一本厚厚的文学辞典，饶有兴趣地步入文字殿堂。渐渐地，这个乡卫生院年轻的"白大褂"竟迷恋其间。他提笔写文章，写出了大山，写进了城，写出人生的新天地。如今，石头已是全国知名的官场小说作家，书出了好几本，声名远扬。

和我聊起那段青春往事，石头说："能有今天，我要感谢那个语文教师。要是当年没受他那番刺激，也许，我就不会走进文学世界，就没有我的今天。"

到底是文章误我，还是我误文章？抑或是文章助我，还是我助文章？这两则逸事，读来意味深长，让人深思。误，抑或助，如潺潺流水，只不过方向不一，不管你理会还是逃避，它们都会像楔子一样深深地嵌入我们的生活，流进我们的人生之河。

写作感悟：

误与助，是生命的两个有趣的关键词，多少人事摆得脱呢？是误是助，说得科学一些，是性格导致的，性格决定命运，命运决定人生。换个通俗的说法，是缘分注定的。由此看来，成功并非难事，趋“助”避“误”而已。如何做呢？那就借我一双慧眼吧，掀起如云般罩着的性格帷幕，给如水的缘分把把脉……

优平方

吉米·哈利（James Herriot）的正职是兽医，但蜚声英美世界的不是他的手艺，而是他的文字。

这个苏格兰乡村兽医工作之余，随心的涂鸦文字被媒体誉为“足以让很多职业作家羞愧”！哈利的文字风趣，透着博爱，直抵人的心灵深处。英国BBC将他的自传体小说拍成电影和系列电视剧《万物生灵》（*All Creatures Great and Small*），是他开启了“世界兽医文学”的先河。

吉米·哈利的作品引进中国，书名一度被翻译成《一个英国乡村兽医的工作手记》，我翻读的时候已是《万物有灵且美》。优雅与否，一眼瞥见。优雅是哈利自然流淌出来的一种美，对自己诊治的小动物是这样，对待感情、实习生和工作伙伴等，亦如是。

优雅之人对优雅有本能的亲近感，所以，看到实习生卡默迪的第一眼，他就终生难忘。这小子是兽医公会推荐来的，推荐语很特别：“他是一流的高材生，经常拿奖。由于家住伦敦，他一直希望能到乡间实习，所以，我们特别推荐给你，哈利先生。”按照惯例，他去德禄火车站接站，卡默迪身着上等质料的格子西装，戴呢帽，脚蹬一双闪闪发光的高尔夫鞋，手提一个猪皮皮箱，步态徐缓，神情淡然，气派得令人难以置信，优雅得让人肃然起敬。

如此优雅的实习生，哈利还是头回见到。

和所有实习生一样，卡默迪初来乍到，对乡村充满新奇。当天，他陪哈利出诊，下车去开农庄的大门，动作冷静、自然，像绅士般优雅。然而，一只不知哪来的小黑狗，悄悄溜到他脚下，在他屁股上轻咬了一口。这个优雅的才子顿时慌了神，捧着屁股四处乱跳，比猴子还灵巧地爬上铁门躲避。任哈利怎么哄劝，他硬是不敢下来。

这是相当可乐的桥段。

下午再出诊的时候，卡默迪恢复了镇定和优雅，提出要动手操作，以获取具体的实践经验。哈利乐呵呵地分给他三个任务：为十周大的小猪崽打血清，给马灌药，替母猪抽血。卡默迪的动作生硬且不失夸张，但做事虔诚，敬业负责。做这三样，让农夫和哈利免费看了三场笑话，难能可贵的是，他终究还是做成了。

事成之后，这个优雅的小伙子已让人无法辨认，身上被猪尿、药水和牛粪污染过，漂亮的衣服被染成一幅水彩画。在哈利看来，这是“伟大奉献的标记”。

实习生卡默迪和兽医哈利相处的两周，一直很融洽。他不像其他实习生那样叽叽喳喳地谈论农庄所见，除了出诊，大部分时间在显微镜前展示一个学生的优雅风采。

一晃过了二十年，哈利在一本杂志上见到卡默迪的大名。原来，他以研究动物病理的论文，获得博士学位。此后，哈利经常能在报刊上看到卡默迪博士的论文和言论。

有次哈利参加宴会，坐在一长列桌子的末端，听贵宾卡默迪的演讲。他还是那么优雅，高而瘦的身子散发着成功者的优秀气息。散会后，卡默迪走到哈利身边，说：“哈利先生，对吗？”哈利说：“是啊，真高兴又见到你。”两人双手紧握在一起，寒暄起来。卡默迪博士正要离去的时候，突然转过头来，对哈利说：“下回又有母猪要抽血的时候，请尽管通知我。”

瞬间回到二十多年前，两人会心一笑。

这是吉米·哈利在自传体小说《万物有灵且美》里记述的一个真实的人物故事。

优雅的实习，在农庄里与大禽小兽们打交道，那些家兽的尿粪涂抹在他身上，让他无法再优雅。在我看来，卡默迪在远离优雅之际，正是他接受优秀之时。优雅是优秀者的铺路石，优秀是优雅者的通天桥。所以，二十年后，这个一惯优雅的小子，因为优秀，在演讲台上就更加优雅了。

英国有句广为流传的名言：“勇敢地面对挫折，优雅地迎接成功。”不要因为困难会脏了衣、伤了心、打消积极性，而不闻不问，要勇敢地面对挫折，不怕脏累，不惧心伤，永不言弃。唯其如此，方能优雅地迎接成功。对此，莎士比亚说得好：“不要因为一次挫折就放弃你原来决心要达到的目标。”多年后，卡默迪博士仍记得那次给母猪抽血所遇的挫折与尴尬，念念不忘要去重温呢。这一细节，是当年这个优雅青年夺取的第一面优秀的旗帜。

当优雅遇上优秀，两两相激，犹如两数相乘，是为“优平方”。

写作感悟：

人生可以平淡，也可以绚烂，可以无所谓，也可以有所求，但如果有了不惧挫折的平和之心，自然会变得优雅起来，优雅之后的坚持与努力，是奇妙的导航仪，引领我们步入人生的“优平方”。

母亲的力量

二十世纪六七十年代，北九州乃日本的工业重镇，机器轰鸣，烟囱林立，经济欣欣向荣，环境却是日渐糟糕，城市终日被各种烟雾重重笼罩，当地百姓称之为“七色烟”，还有水污染，还有扰人的噪声，还有……摆脱贫困噩梦的人们，过上富足日子，没承想，另一个噩梦却尾随而来。环境污染让人们苦不堪言。

当时，日本社会各届对产业发展大都到了痴迷的程度，几乎所有的经济政策都只有一个目标：产值第一。在这种状态下，结果是令人振奋的，GDP 连续二十年增长率都保持在 10% 的高位状态。

是一位母亲用自己母爱的力量，撞响了环保警示第一钟，她的名字叫毛利昭子。

她有一个九岁的儿子，在离家不远的成山小学念书。每天回来后，儿子做的第一件事，就是换衣服，嚷嚷道：“妈妈，我的衣服太脏了，洗洗吧！”而她却在埋怨：“怎么老是滚一身尘土回来？怎么不会小心一点？”衣服撂进水盆里，小小的几件薄衣居然把水浆成一盆“墨汁”。这哪儿是孩子在地上打滚能滚出来的效果？

昭子去孩子的学校看，才发现周围多家工厂日日排出滚滚浓烟，将学校困扼在重重黑雾之中。作为一个母亲，她心慌了：粉尘落在衣服上是能洗净的，可是，被儿子吸进体内，那如何了得？

她急了，为了孩子，发了疯似的，走上了一条与污染相抗争的艰难之路。

她在工厂周围打出“为了孩子，还我蓝天”等一系列横幅，之后，又联系了更多的孩子家长，走上街头宣传环保，抵制污染。她的行动对工厂影响甚微，但作用却相当明显。没过多久，成山小学关闭，择新址重开。

初战告捷，昭子并没有停止不前，而是穷尽一个母亲的全部力量，发起规模浩大的环保运动。她和科研院所合作，举办环保宣传，开设讲座，监测大气粉尘，监测水质，然后，登门要求相关企业停止排污，并且积极敦促政府制定环保法规和环保标准，以遏制污染。

昭子领导的“母亲团”声势浩大，以致引起议会的关注，在地方官员选举当中，环境污染问题摆上了台面。官员感受到了前所未有的压力，不作为，就可能丢掉母亲们手中那些珍贵的选票。

1967 年，日本第一个污染法在北九州获得通过。之后，市政当局依法管理，限定只能烧低硫煤，二氧化硫的排放量大大减少了。母亲，终于以自己的力量扳倒了财大气粗影响甚广的产业集团，为孩子们，为天下苍生，赢回了可贵的蓝天。

毛利昭子，这个北九州最早发起反污染的母亲，如今，已成为城市的环保形象大使。

写作感悟：

为了孩子，为了环境，母亲的力量，不容忽视。

依顺是一种境界

看过作家六六写自家装修的文章，感触颇深。

唐师傅是朋友介绍来的，特依顺她，任她怎么折腾，都耐得住性子。他得到六六“耐折腾”的评价，没有丝毫的贬损，而是浓烈的褒奖。依顺六六的意思，是唐师傅做工的最高准则。先是花很长时间与她沟通，了解她的个人喜好，再带她去建材城选购她喜欢的材料，并努力帮她买齐自己喜欢的饰材，且不超出预算。

唐师傅将客卫地墙砖贴得差不多的时候，六六突然对他说：“这不是我想要的！”老天,这可是她自己亲自选定的呢！唐师傅不问缘由马上停工，耐心询问她喜欢什么,并提醒她这要用很多年,决不要凑合。六六怕麻烦他，很不好意思。他说：“满意是最高标准，只要你满意，我就不怕麻烦。”最后，唐师傅硬是没让她多花钱，又达到了让她满意的目的。

做电视机背景墙也是这样,唐师傅不厌其烦地推荐墙纸,六六都不满意。他也不恼，继续帮她找。后来，六六请朋友手绘一幅凡高的《星空》作为背景墙，唐师傅大赞这个创意好！依样做好。

通过此次装修，六六对唐师傅说：“你未来会做得很大！你根本不用担心自己未来买不起房子，因为你进步的速度会高于房价上涨的速度。”

行走红尘，见过斤斤计较的，见过唯利是图的，见过睚眦必报的，见过过河拆桥的，却少见这般没来由地依顺的。我也深深地佩服这个唐师傅。民谚说："做事不依东，累死也无功。"东，就是东家老板，做事依顺东家，才能圆满，不依，累死也枉然。

而今，依顺往往被误判成软弱无能的糊涂虫、混世度日的大懒汉、缺乏进取心的大废物。于是，你争我抢不放手，都不依从，都不顺势下坡，所以，摔得鼻青脸肿的有之，跌得头破血流的有之，痛得心都要碎裂的有之。

世上没有恒强恒弱，或站在强的浪尖，或立于弱的洼地，或于强弱转换的当头，唯有依顺能给我们创造一种奇妙的顺境。就像装修的唐师傅那样，看似没有主见没有出息，实则潜力巨大，就像六六评价的那样，未来会做得很大！

一位思想家说过，世上最美妙的爱情不是缠缠绵绵，不是天天互道"我爱你"，而是一方提什么，另一方只说"好呀好呀"！依顺出爱情。跳出爱情圈外，依顺时时处处，莫不散发迷人的魅力。

在我看来，依顺是一种境界。身处此境，与人为善的同时，为自己谋了善；与人方便之时，也为自己带来了便利；替人着想，他人也会为自己考虑。爱人所爱，痛人所痛，反过来，当自己爱与痛的时候，人家也会毅然站在自己这一边。与世无争，世界都是我们的；与人争斗，自己反而困在了斗争中。

写作感悟：

智者说，握紧拳头，里面空空如也；张开双臂，一切都是你的。依顺出境界——依顺他人，依顺生活，依顺日月，依顺世界，就能跃入纯美的智慧之境了。

一鸣惊人

有些东西是怎么装也装不出来的，例如潜藏于心的自信或不自信，碰到这样那样情境，总会不经意地表露出来；有些东西任你怎么憋也憋不住，例如喷嚏和屁，达官贵人也好，凡夫俗子也罢，优雅也好，粗俗也罢，就是憋不住。

虽说瞒不了，也憋不住，但有些人却深藏不露，不到最后，不知谜底，例如N先生。

闲来，朋友们常会小聚，今天你请，明日我请，熟了，自成一小圈子。没有尔虞我诈，不会剑拔弩张，只因共同的兴趣爱好，才走到一起，感情像乐百氏水似的，是经过二十七层过滤的纯净。喝酒是聚餐不变的主题。若你一开始就坚持不喝，也没人责怪你。不喝就不喝，与中国酒桌的疯狂劝酒比，圈内朋友与人为善，温和体恤。吃喝过后，一般还要K歌。不论你嗓音如何，也不管你五音全不全，只要你在麦前发声，自然就会收获掌声和喝彩。

这样的圈子，是不是有意思呢？这些点滴细节，构筑起我对这个圈子的深度喜欢。和我一样，N先生也喜欢这个圈子，除非特殊情况，逢聚必到。N先生和我不一样，他从不沾酒。他不喝就不喝，没有人强劝，大伙相聚的喜悦，毫不打折扣。酒过三巡，男人的话就多了。N先生与众人观点交锋，新颖独到，尽显风流。朋友就对N开玩笑说：“我们酒喝多了，说不过你！”N先生笑笑，露出孩子般的狡黠。

酒后唱歌。一到KTV，N先生酒桌上的那种生猛顿时消失得无影无踪，一个人躲在角落里玩手机。玩手机的间隙，会虎啸森林一般地为别人歌唱而叫好！但他从来不唱。他说：“我五音不全，唱不来！从来没唱过，不唱。”圈内朋友不管唱得天籁，还是破锣，沸腾的掌声叫好声尖叫声一一敬献于歌者。N先生的这个托词，实在不是不开音的理由。

他不唱就不唱，没人强迫他献唱，只要他在场，就比什么都好。

N先生的胆量不小、肚量也大，为什么不喝酒、不唱歌呢？久而久之，我们圈内朋友都觉得N先生可能真不会唱歌。是的，在某些方面，有些人天生就是短板。歌唱，对于N先生来说，也许就是命定的缺憾吧。

有一天，我接到N先生的一个电话。他说他请了一个朋友吃饭，女的，高中同学，希望我能作陪。我问有其他人吗。他说只有我们仨。这种规格，又这么神秘，不用说，此女同学肯定非比寻常。果然，他招了，她不是别人，正是首开他钟情之心的暗恋对象。

一晃二十来年，他念念在心，无法舍弃。自从高中同学聚会之后，时时有“今朝风日好”之感，老想与故人见。

她属于第二眼美女，乍一看，不算惊艳，细一看，感觉足以让人回味多年。气质之优雅，声音之温柔，已然超出我的认知范畴。难怪多年不见，N先生还要约她出来吃个饭呢。世上美女寻常见，温柔女不多，温柔加优雅，人世间稀罕。

席间，N先生点了一瓶红酒。他居然要喝酒？晕得我不知所措。两杯红酒下肚，N先生风姿威仪，魅力独具。饭后，N先生主动提出要去K歌。她说太晚了，回家还要带宝宝呢，婉拒得干脆，且不失坚决。但N先生不依不饶，非唱不可，看那架式九头牛也拉不回。她就不好再推了。

怎么？还要 K 歌？这是 N 先生的作风吗？太意外了！

到了 KTV，我算是明白了个中原委——他的同学爱唱歌。她柔声婉转如雏鸟清音，摄人心魂。在自己喜欢的人面前，当然会投其所好。我想，N 先生执意要唱歌是在讨她的欢心。

一曲唱罢，她鼓动 N 先生唱。我以为他会断然拒绝，但他没有半点拒绝的意思，接过话筒，对我们笑笑，说："唱就唱，我试试。"这么爽快，让我惊奇无限！他唱的《风雨无阻》，和他自己宣称的"五音不全"，风马牛不相及！他调儿准，音域宽，算不上"中国好声音"，至少是"超级男声"全国百强的标准。《红日》《少年壮志不言愁》……一首首老歌汇成音乐的天堂、欢乐的海洋，完全超乎我的想象！

长期不沾酒的男人，主动喝酒；一直不挨麦的男人，引吭高歌。

反差为什么这么大呢？N 先生为什么深藏不露呢？揭开谜底就很简单，那要看他在和谁碰杯，为谁而唱。有爱的男人自会一鸣惊人！

写作感悟：

爱创造奇迹。

路的尽头有鲜花

早就知道村上春树是世界著名的日本作家，却一直不晓得他还是举世闻名的长跑者，多次参加半程、全程（42.195 公里），甚至超级（100 公里）马拉松比赛。近读他的随笔集《当我谈跑步时我谈些什么》，为他的小说悟语击节赞叹之余，更为他长期坚持长跑深感震撼，佩服之至。

1983 年 7 月，村上春树在马拉松原始路线上，跑完人生的第一个 40 公里。

他的“处女跑”得益于希腊政府的一项旅游策划。那时，村上春树已做好了一应的长跑准备。日本一家男性杂志约他去游希腊写游记，对于这类全包式观光旅游，作家村上春树并不怎么动心。但对于刚刚成长起来的长跑者而言，跑马拉松原始路线，诱惑就可想而知了。这样的活动有意思且意义非凡，村上春树爽快地接下了这活。

一个人的马拉松，没有观众，没有终点绶带，没有封路，没有补给站，没有声援，村上春树从雅典出发，向着马拉松的方向，一个人逆向跑“马拉松”。策划者坐在汽车上，拍了一组照片，好心劝他不必跑完全程（只有 40 公里），意思一下就行，但他不为所动，一路坚持跑到底。

这是一条普通的路，车来车往，危险丛生。一路上，他见到一条狗、一只猫，它们都死了，被疾驰的汽车压成一张比萨饼。天热得不可思议，村上春树挥汗如雨，浑身上下粘满了结晶盐。跑了 30 公里后，路旁是迷人的海景，海风劲猛，吹得皮肤生疼。一路苦辛唯己知。

终于跑到了马拉松的终点，村上春树并没有所谓的成就感，只有“终于不用再跑下去了”的安心感。

终点是在一个宁静的小村，这里生活着一群热情好客的人。村上春树进入一家加油站，借用他们的水龙头，开水，浇息浑身的灼热，洗净一身的盐粉。在这里工作的大爷得知他是来自遥远的东方，感叹道：“好啊！祝贺你！”然后，从花盆里剪下几枝花，做成一个小花束，送给一个人的马拉松优胜者。

村上春树收下鲜艳欲滴的花束，异国他乡的老者给予的“小确幸”式的关爱，让他有一种刻骨铭心的感动。人生的第一次长跑，路上有多难，跑得多辛苦，都风轻云淡了，只因这路的尽头有鲜花。

写作感悟：

人生即选择。选择一条路走下去，坚持走到尽头，超渡绝望之后，就会发现有鲜花在迎候，就像村上春树在异国他乡收到的那把陌生人赠送的祝福花束。遗憾的是，“行百里者半九十”，故而路尽头有鲜花，能见着的人却并不多，那是上天给予专注者的最美馈赠。

贴地飞行的青春

2000 年，二十四岁的柴静主持湖南卫视的《新青年》，轻车熟路，顺手顺心。

一个电话打破了原有的秩序和平静的生活。来电者是央视评论部副主任陈虻，找她合作节目。初见于梅地亚，他开口就称：“你对成名有心理准备么？”柴静想，若要说成名的感觉，早在二十岁的时候就已经有过了。他补充说：“是那种家喻户晓式的成名。”柴静说：“我知道我能达到的高度。”这一狂放的回答，把陈主任给气笑了。

很快，她就体会到贴地飞行的尴尬与无奈。

初入央视，柴静是“时空连线”的记者，第一个选题做剖腹产，现场录制很顺畅，半个小时就搞定，将稿子编完，就跟没事人似的，去外地玩。结果很不妙。同事不敢将审片的结果完整地告诉她，大事化小地对她说：“已经这样了，你就把结尾再录一遍吧。”怎么改都不满意，她有力不从心的虚飘感。

这期节目，陈虻给柴静抛出九个惊天之问，个个都像针一样扎进她心里，生疼生疼。

此后，每遇节目重录，柴静都战战兢兢，如履薄冰。夜半三更把同事叫回演播室，别提多为难了，歉疚满心。大家隐而不发，默默地把工作补完，她满脸愧色。愧归愧，工作不能不做好，只好一次次高举严苛之重锤，拼命砸向自己。

柴静第一次上机器编片子，亦是历尽尴尬。她以透支生命的姿态，在编辑机前直编到第二天凌晨三四点，才大功告成，把带子交给导播，才敢缓慢而实在地喘口气。刚一到家，天已大亮，还没躺稳，电话又追过来了，导播说带子有问题，得换……

有一次，在食堂吃饭，柴静接到陈虻的电话："人家说，这人还是陈虻招的？你可别让我丢人。"一个小女生受此责骂，何以堪载？骂得人连轻生的心都有了！可不接受不行啊，陈主任句句都骂到点子上，像是点穴似的。虽有无尽的痛苦，却有醍醐灌顶的妙用。

诸如此类。

透过柴静的新书《看见》，我看见她青春的蓝色忧伤，看见她在青春的界域，苦辛地贴地飞行，惊险奇绝。知性女子柴静是我一向看好并打心里崇敬的女记者之一，在我看来，她是中国版的法拉奇。没想到她的青春里也有如此艰难的贴地飞行的经历。

回想自己的青春，有过之而无不及。2000年，我从一所学校出来，在于丹老师任总策划的某杂志做编辑，没到半年，就无奈离开。又去一家报纸做采编，采写特稿，回来还要编版面。没学过新闻，采访觉得难，没学过排版，组稿拼版也头痛，一直写的文字与新闻不对路，屡屡被领导批得体无完肤……后转到电视台打工，没呼吸几口顺气，总感觉一切都是那么难，像一座座高峰，望而生畏。

回望过去，青春却是那么美好。我愿意用我所有的积蓄，换回一年青春，可世上哪有这般好生意可做呢？喜欢白岩松说过的一句话："人们声称的最美好的岁月其实都是最痛苦的，只是事后回忆起来的时候才那么幸福。"

这话套在每个人的青春里面，也会是蛮合适的吧。

谁的青春不是一地鸡毛？那时年轻，没有资历，没有财富，没有令人尊重的头衔，没有缠绕周身的光环，惟有一身的劲头和满腹的轻狂。尴尬不要紧，一地鸡毛的杂乱也没关系，甚至被人骂到了绝望也没事，只要我们认识到自己还年轻，一切改移都来得及，就 OK 了。

人在青春，莫不是贴地飞行，因为压力太重，认识太浅，飞不高，也飞不远。因为未来很长，所以起步要低；因为成长缓慢，所以贴地要更长久。走过青春，日子会轻轻托起我们的飞行高度，成长的经历会送我们升入“人生平流层”，步入正式而平稳的人生旅程。走过青春，岁月会帮我们收拾干净身后的一地鸡毛，那时，轻轻一嗅，准能闻到成熟的气息，轻轻一招手，眼前诸事渐渐顺意来。

年轻是最大的财富。青春时期的困难是磨刀石，会挫磨得我们更锋利，更有力。

写作感悟：

人到中年，看柴静的青春故事，回想自己悲催的年少心事，我想对现在的年轻人说一句：——困难再大，挫折再多，牢骚再盛，也莫失少年狂，莫丢不知畏。你迎面遇上一堵墙，拐道弯前面就有路；你不经意间碰到的一道坎，勇敢地跨过去，未来之路就会更平坦更阔广！

两块钱的人生哲学

从复旦哲学系毕业后，闾丘露薇主动放弃去外资企业工作的机会，离开父亲，南下深圳，与阔别十四年的母亲团聚。

在深圳，母亲有间名字气派的公司，其实就是皮包公司罢了。她并不在乎这些，享受团圆的喜悦，体谅母亲的不易，决心好好帮帮母亲，前面苦难再多再大，愿意与母亲一道去扛。母亲有个怪脾气，在人前大大咧咧，故意让人捉摸不透她的年纪，而且总喜欢装出一副有钱的样子，请人吃饭抢着买单，可回到家中则俭省得很，往往一荤一素两个菜就对付一餐。或许这是母亲多年商海沉浮炼就的一种自我保护吧。闾丘露薇对母亲“哪怕口袋里面只有两块钱，也在别人面前装得像一个百万富翁那样豪爽”的做派感觉五味杂陈，难以名状。

真是一语成谶。

在深圳的日子，闾丘露薇很快就体会到了“口袋里面只有两块钱”的尴尬和无奈。当时，母亲什么生意都做，哪怕只有微薄的赢利，也决不放过。即便勤勉如斯，公司也不见兴旺，财源若日渐枯萎的泉眼，时有时无，渐至稀少。生意的阻滞给生活带来不小的麻烦，涉世之初的她有欲哭无泪的感觉。偏偏母亲又时不时地玩失踪。母亲不在，闾丘露薇就是家里的顶梁柱，得替母亲付房租，给亦是员工亦是亲戚的一应人张罗一日三餐。

折腾来折腾去，终于有一天，闾丘露薇摸摸口袋，只掏出两块钱来。这是她最后的两块钱，花掉之后，明天怎么办呢？还能怎么办，硬撑苦熬呗！母亲不在的日子，闾丘露薇找同学帮忙，跑楼拉生意，不让一人挨饿。

一次，母亲从东北发来一百箱饮料到深圳。面对堆成小山的不知名的饮料，闾丘露薇首先发愁的不是如何卖掉它们，而是哪来的钱交保管费。但她并不畏惧，拉那位同学帮忙，把饮料放在自行车后座，一个推一个扶，走街串巷，挨家向小店兜售。印象最深的是，自行车翻倒在大街上，饮料从后座上摔下来，滚得满地都是。刹那间，闾丘露薇顿感绝望——感觉自己一无是处，什么事情都做不成……欲哭无泪的感觉，又熟门熟路地折回她柔弱的情感世界。

在闾丘露薇写的《行走中的玫瑰》中读到这些不曾知晓的她的苦难，让我想起克里斯托弗·诺兰执导的好莱坞英雄传奇史诗影片《蝙蝠侠：黑暗骑士崛起》里的一句台词："没有希望，就没有真正的绝望。"面对滚了一地的饮料，闾丘露薇之所以顿感绝望，无它，只因她内心深处仍闪烁着希望之光。

绝望中的闾丘露薇看见了希望，于是，勇敢前行，跌倒再爬起来，鼓足勇气，继续推销。转机出现了，一位好心人被他们吃苦耐劳的精神感动了，买了剩余的饮料。经历此次，一大帮人的生计暂时无忧了。

后来，闾丘露薇告别了母亲，以绝望的姿态和希望的心态，开始闯荡职场江湖，做过酒店服务员、仓库保管员和国企文书等，后进入国际会计师事务所，生活才稍稍步入正常轨道。加盟凤凰卫视后，闾丘露薇成了一名财经记者，因采访海湾战争而声名大振。

经历了那段苦日子，闾丘露薇用自己的哲学学养归纳出"两块钱的人生哲学"——"很多时候为了生存，必须（要）有足够的勇气和韧劲来面对这个社会里面的人和事情……艰难的时候，勉励自己一定要走下去。”

绝境中，仍心怀希望地勇敢走下去，终能走出阴暗，走到人生的明媚处。困难像弹簧，你若它就强，反之亦然。身处困境，最要紧的不是陷入绝望的泥潭，而是在绝望中找寻到希望的方向，勇敢奋争，并持之以恒。总有一天，你会发现，再大的困难也远远地抛在了身后，前方的阳光正灿烂无边。

写作感悟：

列夫·托尔斯泰说过：“环境愈艰难困苦，你就愈需要坚定毅力和信心，而且，懈怠的害处也就愈大。”这是“闾丘氏两块钱的哲学”最好的佐证。

人生清醒季

“有人问我：‘你获得茅盾文学奖后，怎么就在文坛上消失了？’我纠正那人的说法：‘你记错了，我不是陕西的陈忠实，是江西的陈世旭，没得过茅盾文学奖。我消失了，因为我在广州带孙子呢。孙子很粘我，一早动身来这里，他还是睡着的，要不然，就来不了，他一定会缠着我不放我走……’”

一次笔会上，著名作家陈世旭别开生面的开场白，让我大吃一惊。他越说越开心，沉醉其间，像他当年《小镇上的将军》获全国短篇小说奖，甚或他的小说被他的小说迷所乐读传颂一样。

陈世旭的话语如片片云朵化成讶异的雨，落在我的心间。作为著名作家、江西惟一的鲁迅文学奖得主、茅盾文学奖评委，小说扛鼎、散文亦佳、书画唱歌颇为人称道的文坛大家，陈老师怎么会如此谦虚，怎会像邻家退休大爷一样带孙子？

紧接着，陈世旭说，这不是谦虚，而是清醒。对我来说，文学只是爱好，是心灵的需要、陶冶情操的手段。一个人要成为大作家，需要非凡的毅力和良好的体力，要有超乎常人的天资禀赋。作家因作品而存在，创作不能超越自己，自然就会消失。清醒是人生的大智慧，我明白自己的位置，懂得自己的需要，知道自己力所能及处，也清楚自己心的方向……

大家风范，领航迷途中人。陈老师这番关于清醒的精妙论述，让迷茫中的我一如拨开乌云见天日。回首往事，多少次追求是在非清醒的状态下进行，到头来一败涂地；又有多少个梦想建立在非清醒的沙滩之上，没有牢固根基，根本就盖不起理想之高楼。

非清醒即非自省，成功便如黄鹤，渐飞渐远。活出人生大境界，不过“清醒”二字。

成功始于清醒。清醒者，明白自己所想，知道自己所在，懂得自己所能，深谙自己所需，活出自己的节奏，踏出一条独属自己的路来。人生路上，清醒者不为旁逸的花草而乱心，不为岔路口的标识而迷惑，不为天上掉落的馅饼而动心，不为自己小小的收获而沾沾自喜、洋洋得意。

当今文坛浮夸何其多，清醒如陈世旭者寥若晨星。相信清醒的陈世旭在带好孙子的同时，定会有非比寻常的更大的文学收成。不为巨大声名所赐，不为上帝的特别照顾，只因他的清醒。

清醒是人生的一记警钟，让安乐中的人们懂得忧思奋发；清醒是生活的一剂良药，让萎靡不振的人们获力前行；清醒是人间的一缕春风，让干枯一冬的草树染翠新生；清醒是向日葵的花盘，永远有温暖而恒定的方向……清醒像味精和盐一样不可或缺，哪怕微不足道的一点，亦能彻底改变人生的味道。

写作感悟：

清朝名士郑板桥题写“难得糊涂”时，不是糊涂，而是大清醒。一个人活到清醒时，淡定始，豁达至，想糊涂都难啊。

无话可说

文友聚餐，总有聊不完的话题、说不尽的段子，像那不断往上冒泡的啤酒花一样，不曾停歇。喳喳叫，哄哄闹，是文人的欢场，亦是灵感的触发地。我喜欢这种气场，但多少回了，对那种无休无止、没有一刻间断的喧闹，还是难生亲近好感。有时，旁人无话找话，我低头漫无目的地翻手机。我的手机还是老一代的，不能上网不能听歌，只有接打电话发短信的基本功能。翻手机不是目的，只是用这个举动来掩盖无话可说、无语能对的尴尬吧。

有一次，大伙酒话正酣，一文友姗姗来迟，一干人捉他喝酒，且振振有词："我们都喝干了好几个瓶子，罚酒三杯，罚酒三杯！"那文友很不好意思，笑呵呵地说："对不起，来晚啦。刚刚接孩子去了，小孩子在学画画呢。"他不擅饮酒，勉为其难地干了两杯。

另一文友站起来，接茬道："喝两杯就可以了，另一杯我替他喝。我理解他。我孩子还小的时候，每当有饭局，都要先回家，把孩子吃的饭菜烧好，看着孩子上桌吃，才起身赶去应酬……"

他的话很轻，混沌般的闹腾却自顾静止，像一池混水沉淀过夜，澄澈如镜。因为这话，大家沉默一会儿。直到碰杯声起，沸腾才又至。

那年正月初二，和忘年知交老杜同游厦门。到一处购物点，入口处工作人员给每个游客派发小刀，笼络人心。进得门来，有人推销金门钢刀。好刀不是吹的，要做出样子来给人看。一套刀六七把，砍了钢圈不卷口，再切棉花，照样飞快。游客个个为之叫好，纷纷掏钱购买。想到家里菜刀老磨还是不快，我也要了一把。一转身，却发现老杜手里没有提刀，只拿一块砧板。

我忙问："怎么不买把刀？这么好的，值得买呀！"

老杜说："我老妈子（对太太的称呼）眼睛不好使，手脚也没以前那么灵活了。这么快的刀，我怕一不小心伤了她的手。"

切菜都盼有快刀，谁料老杜居然以这样的理由拒绝了这么好的金门钢刀，噎得我半天说不出一句话来。

都不知说些什么，我们俩沉默了好半天，闲坐在门口木凳上静等。暮色渐浓，城市霓虹悄无声息次第亮起，灿如星河，街灯仿佛也懂我们的心，配合着我们的沉默。

一次到外地讲课，接待方条件所限，不能来接送。好在接待的官员家境不错，有私家车，还配了专职司机。她爱人开了一间公司，人特别忙，老不着家。她叫来司机送我回南昌，顺便也可以和老公在省城团聚。上了车，她絮叨起老公的种种不是来，像清泉一般源源不断地喷涌而出。司机劝解她，我也陪了不少话宽慰她。

司机说："我给刘总打个电话吧！说你要去南昌见他。"

她惊叫一声，说："不要打啦。他昨晚加班很晚，现在应该在休息，就让他好好休息吧！"

她的唠叨像亿万年前那只可怜又幸运的蚂蚁，化成琥珀，瞬间定格为永恒。

司机和我再也找不到合话话题，车内静默良久。这个时间为之停滞，世界为之安宁。

沉默，沉默，还是沉默……法国乡村流传着一句古老箴言：“无话不说，天使走过。”韩国影片《亲切的金子》也有一句类似的动人心弦的台词：“沉默的时候，是有天使正在路过。”中国也有一句古语：沉默是金。都劝人沉默呢。聒噪一时，喧闹一世，繁语冗言阻隔心灵的交流，遮蔽性情的融通。

无话可说，就让我们以宁谧之姿，聆听天使足音，迎候爱神光临。

写作感悟：

沉默不是尴尬，当我们无话，宁静会营造出一个异度时空，我们的灵慧之心能感受到爱的天使打这儿缓缓走过呢。作家乔叶说：“相对于激烈的摇滚，沉默是庄重的慢四，我不会再将它潦草打破。”沉默不仅有俗称的默许功能，更有天使一样的纯净与安宁。

大美有缺

远房亲戚陪女儿来南昌看病，怕被人骗了，叫上我壮壮声势。

爱美之心人皆有之，女孩尤甚。她素面朝天多年，一直没在意，临近婚恋，才急慌慌来看病。“病”得比较特别——脸上有拼图样的疤痕，是儿时打碎饭碗割伤所致。乡卫生院缝针哪能顾及美观？疤痕在脸，实在突兀，原本样貌气质俱佳的她，有了这无法弥补的缺憾。

医生说：“手术可以做，但完全消除疤痕不可能。”听到这个，亲戚心里颇有不甘，花几千块钱，怎么还会有疤痕呢？女孩的脸上愁云疑云堆卷，像恐怖片中欧洲古城堡一般森然。医生对我说：“你是有文化的人，应该知道我们医生不是神。能做到什么，我就承诺什么。做与不做，你们自己拿主意。”我用方言替亲戚释疑。犹疑复犹疑，女孩决定不做了。

他们要赶火车回家，我送他们上公车。我和亲戚一直走在前面，回头却发现女孩不见了。原来她呆呆地站在医院门外的书报亭前。亲戚折回，问她：“在干什么？”女孩说：“妈，我要买本书！”亲戚责怪道：“又没上学，还买什么书嘛！”女孩固执己见，要了一本最新的《读者》，经我推荐，又买了一本有我文章的《特别关注》。在公交站台等车，遇一老人磕头乞讨，女孩将买杂志找回的零钱，投进前面那个破搪瓷碗里。

书与爱天然含香，那一刻，这个脸有缺憾的疤痕女孩顿时散出一股奇异的暗香，精致怡人。大美在心，虽然有这一缺陷，却衬得她的真实可爱，也更美。

《读者·原创版》一编辑朋友讲了一个“字典李”的爱心故事，听来颇为新鲜。2011年底，朋友和编辑部同仁到甘肃省会宁县采访，回来后，杂志推出重磅报道《光环下的独木桥》，感动了无数读者。在上海打工的小伙子“字典李”读了文章后感同身受。年少时，他家贫上学困难。大学毕业后，他回老家做代课老师，教的孩子也穷，心酸之余，却深感无能为力。之后，“字典李”去上海打工，看到那篇报道的时候，单位正好发了年终奖，厚厚一沓钱，着实兴奋，一激动，便网购了1200元的字典，送给会宁县贫困老区的孩子。

孩子们收到字典后，朋友打电话告诉“字典李”。谁知这个“80后”的小伙子说，下了单后，突然深感后悔，可已在网上成功付款，没有退路，只好作罢……这段小插曲的B面，似乎佐证了“字典李”的爱心缺乏足够的纯度和浓度。其实不然，这个小小的瑕疵，还原了一个真实的人，见证了这次爱心付出的本真历程。

人人都有私心杂念。爱心人士在捐赠的过程中，偶尔思路开个小差，心里拐个小弯，并不影响爱的博大、心的瑰丽！一次犹疑，一丝后悔，在爱的付出中，算是缺点，但绝不是污点。正是这个缺点，映衬出一个可爱的、立体的、生活化的真实的人来。“字典李”事后那满含悔意的捐赠，是完美的爱心行动，生动地诠释了慈善、奉献和爱的本来面目和本真意义。

小时候，村口一块老旧石碑上有古人镌刻的“求缺”二字，一直不明其义。俗世里，染了一身沧桑后，到如今，算是领悟了。

脸有疤痕的乡下姑娘美在书香缕缕绕爱心；后悔捐赠并真实说出来的打工小伙美在真实无遮蔽；断臂的维纳斯是美的，神性一般的宁穆盖过身躯之缺；凝雨的乌云很美，它的周围镶了一道灿烂的金边；甚至害人不浅的沙尘暴也有美丽的一面，因为它会给我们制造出孕育生命的新土壤……

大美有缺。

写作感悟：

月，因缺而美；美，因缺而真。从疤痕女孩到“字典李”，遗落在他们身上和心里的缺陷，是上帝赋予的真实，是给“美”最好的搭配。金无足赤，人无完人，同理，所谓的“完美无瑕”其实是个彻头彻尾的伪命题。

第五辑
小善大爱

失而复得

有些东西丢了就丢了，永远找不回来，例如时间，人们可奈何得像川上孔夫子那样感叹：“逝者如斯夫，不舍昼夜。”有些宝贝弄丢了，人们就像丢了魂一样，恨不得它早点回到自己的身边。山一程，水一程，如果那失物辗转好几程终于回来了，失主会有什么感觉呢？

先讲一讲我的经历吧。十九年前，我还是个二十出头的文学小青年，对写作执着而疯狂，节衣缩食，省下钱来报名参加了北京鲁迅文学院的函授班。当我收到那本墨绿色的学员证的时候，感觉幸福从天而降。寒假回到家中，掏出那个本本，逢人漫无边际地狂吹。村里年纪相仿的堂兄弟，或者玩伴，都用羡慕的眼神看我，用现在的网络流行语——我的小伙伴们都惊呆了。于是，我乘胜再吹，大有不把牛皮吹上天，不把牛皮吹破不罢休的气概。我说：“我上的这个函授班，是国家级的文学院……每年还有两次面授的机会，去北京上课。这个学员证呢，可以半价买火车票呢。”我的小伙伴们对国家级之类的并不感兴趣，但听到可以五折买火车票，他们眼冒绿光，因为他们当中有不少就在北京贩卖假古董，往来北京频繁。

如此一番炫耀，我的虚荣心得到了大大的满足，结果呢，第二天，我的宝贝学员证不翼而飞。在乡下，若是哪家丢了什么东西，女主人都会沿村骂街，一泄失物之怨愤。但我母亲拉不下脸面，做不来这事。我家丢了东西，母亲除了与邻居说说，从不骂街。但这回不一样，儿子丢了心爱的东西，她坐不住了，豁出去了，沿村狂咒那个可恶的窃贼。

半个月后，我的“宝贝”在水渠里被人发现，但长期经水浸泡，已面目全非。失而复得，我没有惊喜，只感觉这就是吹牛的代价。写不好东西，以为拿个破本本能贴金撑门面，却被人无情地撕揭下来。失而复得之物被我扔到河里，任其随波远去。

我觉得这不是坏事，至少让我清醒过来，吹牛皮，是要付出代价的。

近读鲍文清女士的《启功杂忆》，才知道书法家、文学家、教育家启功先生，也经历了一次颇富戏剧性的失而复得。他丢的是一本书——《论书绝句百首》。书中诗作始作于1935年，一直写到1968年，时间跨越三十多年，他有空的时候用小楷一笔一笔地书写，融创作与书写为一体，是大半辈子的心血凝聚。他非常看重这个册子，无奈却被某友人借走，一去不复返。后来，才知道那人把他的《论书绝句百首》在香港卖掉了。台湾赵翔先生将之收购，在台印行少量的影印本，馈赠友人。十多年后的某日，启功先生终于见到自己丢失的宝贝，是赵翔出版的影印本。再后来，他在拍卖行见到了真本，问：“这本要多少钱？”拍卖者说：“起价十七万。”启功先生毫不犹豫地将之购回。

启功并没拿那个失信之人怎么样，只是在《南乡子》一诗序言中记录了失而复得的来龙去脉：“拙作论书绝句一百首原稿为友人携去，归于客商，展转复来燕市，价增竟至一倍。”诗曰：“小笔细涂鸦，百首歪诗哪足夸。老友携归筹旅费，搬家。短册移居海一涯。转瞬入京华。拍卖行中又见它。旧迹有情如识我，哎呀，纸价腾飞一倍加。”荣宝斋出版《启功论书绝句百首》，他在自序中说：“友人见约，为之手录百首，云将附印于注本之后而未果，转为赵翔先生聘之以去。竟蒙珍重影印，加以精装，薄海流传，不佞朽骨为之增寿矣……”

被人捉弄至此，启功先生仍是看得淡，笑得出，心无芥蒂，云淡风轻，当属“万里无云万里天”式的人生至境。

人生中的失而复得是一面镜子，照亮灵魂暗质，让生命透出盈盈亮光，也是一次裂变，让人生有了另一种可能。

写作感悟：

同样是失而复得，我收获了自醒，而启功先生一直都是淡定从容，彰显大家之气。“欲洁何曾洁，云空未必空。”得到与失去是人生永远的话题，是摆在我们面前的两难选择。有道是，你得到了什么，相应地一定会失去什么，反之亦然。

人生五问

忽然之间，就到四十。

白驹过隙，爱梦的年纪倏而远逝。不可思议的是，频频午夜梦回，独守窗外星月明。

问天问地问自己：人生到底是什么？

梦里梦外，苦苦追寻。

问路

从一个怪梦里醒来。

在梦里，一个人漫无目的地走，迷路了，居然没心慌意乱。蓝天白云，花红柳绿，黑黑的柏油路，白白的标志线，路面干净整洁，清爽怡人。来来往往的人，一个也不识，男女老幼，喜乐平和。迎面走来一童子，我仿古人，借问酒家何处有，孩子笑指红绿深处。于是，乐呵呵地走去，走着走着，醒了。

现实中，我很少问路。

小时候，母亲让我一个人去外婆家，因为不识路，借一万个胆也不敢。母亲鼓励道："路在鼻子下。"闻听此言，我摸鼻子底下，只有嘴唇，哪有什么路呀？母亲说："没有路，就去问呀！人长一张嘴是干嘛的呢？"

听信了母亲的话，一路走，一路问，问了张家问黄家，问过余家问陈家，居然成功了，见到了笑盈盈的外婆，那个乐呀，无以言表。

每每忆及此事，感觉整个童年都亮了。

“路在鼻子下”，说得多好啊，字字如玉，给人温润之感。一语入心，仿佛路不再被人踩在脚下，而是人们嘴里吐出的若兰之气，像一弯七彩虹高挂在雨后晴空。

这么多年来，走的路、吃的盐，多如恒河沙，数不胜数，却还是有吃不下的盐、认不了的路。每每置身于陌生的地方，迷路在街头，我不会像怪梦里那样借问童子，也不会跟儿时去外婆家那样一路走，一路问。不去问路，就守着导航，漠不关心，到哪儿算哪儿。开车出行，发动汽车之前，早就打开了导航仪，输入目的地，听到“导航开始”的指令，才会松离合、踩油门。

和童年里很多美好的事物一样，问路也被我渐渐遗弃在风中。路，消失在鼻子底下，被魔力无边的导航仪完整收纳，我不幸患上“导航依赖症”。

有了导航仪，不记路，不认路，一条路哪怕走了N遍，离开了它，仍不知左拐右转还是直行，不知东西，不辨南北。小小的机器，硬生生地干掉了“问路”这个美好得令人心疼的词语。

路越来越多，问路的人却越来越少；人越来越密挤，人心却越来越疏远；心闭了，嘴严了，路长了，气短了。你不去问路，路也冷漠相对，人脸如霜，旅途寂寞。

行走在路上，越来越多的人依靠机器引路，也不愿意找路人指路，嫌麻烦。人是活的，机器有时很生硬。报载，澳大利亚有位司机，盲目听信导航，毫无察觉，竟然把车开入汪洋大海……有情有义的人，被无情无义的机器忽悠了。

现实有所缺，梦里来相见。

怪梦不怪，怪的是习惯了冷漠的人。莫名地渴望，人与人之间热切的交流。遇生人，笑问路怎么走，那人费尽口舌详释，恨不得带你去往目的地。这样的古道热肠，心里抑制不住地翻涌暖流。

别梦依稀问路忙。去到一个陌生的城，我涩涩地张口，向人问路。在我的城，若有人向我问路，定热情细答。路人甲问我："到某某处怎么走？"我问路人乙："到某某处怎么走？"一问一答间，鼻子底下升腾起片片祥云，搭起一座彩虹桥，瞬间联通你我。

问的是路，建起的是一座心桥，让友情通达，温暖冷漠的心。

美国剧作家田纳西·威廉在其著名话剧《欲望号街车》里说："我总是依靠陌生人的善意。"就让我们以对陌生人善意的依靠，来对抗对导航的依赖吧。在你迷路之际，在你不知往何处拔脚的时候，请大声向陌生人问路吧。

问云

秋日午后，凉风送爽，躺在沙床上，缓缓入清梦。梦里，片片白云，或静立如花，或堆卷似城，飘飘忽忽若动兔走狗，又像虎跃鹤飞……

梦里不知身是客，化作彩云片片飞。

2005年初夏，和来自陕西的著名作家方英文先生在庐山开笔会，合住一屋，他告诉我，受人之邀，曾在华山险崖欣然题写"问云"二字。听过访山问水，也有人问天问地，"问云"倒是新奇，闻所未闻。

崖刻历来多写实，而此写意之问，寓意高远，问出人生的空茫、命运的未知，不期然，抵达问之高境。

云本无心，生性爱飘移，悄然出山去。云处淡然中，随风潜入，飘飘然，忽忽然，形成于水，消散于天，遇物化物，见物罩物，像能容的大肚佛，任尔东西南北风，冷嘲热讽，一一包容，一笑而过。

云水一家亲。好听的禅曲《云水禅心》，古筝轻拢慢拨，清逸逍遥，如梦如幻，丝丝入扣，尽在水云间。

说不尽的云水柔情，道不完的云水禅意，云水茫茫，恰似那看不透的人生跌宕、命运起落。

云在天上飘，水在地上流。水之性情，常与杨花联结不分，成了人们嘴里恶狠狠的贬义。云之性状，常让闲雅之人看舒卷，达观人生，洞明人世。

云与水由此分野，有了不一样的各自表达。

水不恼，感觉云再达雅，亦为水生。云也不傲，自感世上实在者，非水莫属。正因如此，善良的人们给水送上一块匾额，上书“上善如水”四个大字，是为对水最好的礼赞。

唐代诗人、哲学家李翱诗云：“我来问道无馀说，云在青霄水在瓶。”细细回味，突然灵醒过来，终于明白，方英文兄在庐山不经意间给我讲的“问云”，义为何指。此云非云，登山叩门，问的不是云，而是禅与道。

蓝蓝天空，片片云彩，该如何作答？绝妙好词尽在，

——“云在青天水在瓶”！

“千江有水千江月，万里无云万里天。”问者所问，答案已然在心，只是一时有云翳，或许找不到来时路，抑或看不见风向标。待到云开日出时，万道霞光，豁然贯通，一切尽收眼底。

在梦里，我笑了，片片祥云飞，飞向无涯的天空。

问情

半夜，从噩梦中醒来，惊了一身冷汗。

梦里，与她同坐缆车，登顶赏景，不料，绳断，我们紧紧抱在一起，坠入深不可测的谷底。两个人像两片交缠在秋风里的枯叶，飘飘悠悠，飘出生命的休止符。

她是谁？不知道！

现实中找不到可以对应的人。有一点可以肯定，她是我深爱的也深爱我的那个人。一趟高空游览，爱和爱人消逝。那动人的情，遗失在青山绿水间，连同我自己。

问世间，情为何物？

你我皆凡人，真的说不出。就算是圣人、哲人三言两语也说不出个子丑寅卯来。

有情人，可以为之生，为之死，到头来，仍没搞明白爱的长宽高是几多，情又有几斤几两。看不见，也摸不着，情虚无得像一阵风，明明感知到它的存在，却不见庐山真面目。

一次次回眸、抚摸、拥抱、亲吻、思念、叹息和渴望，情像一粒种子，被春风唤醒，悄然萌动生发，暗自生根发芽，一夕之间，长成参天大树。

情的特质是虚无。在虚无的内核外，包裹了一层糖衣：一饭一蔬一问候，一搀一扶一牵挂。糖衣之甜，甜透人生。这是情的味道，精致、迷人、魅惑，让人欲拒还迎、欲罢不能。甜过之后，就是千般滋味，承欢，也受苦，热过之后是悲凉，一一堕入虚空。

突然明了那个噩梦的梦之语——离分。

这是爱的精髓。

好了千日，爱了一生，情虽难了，但终于要了，难逃分离的厄运。

最能说明问题的是父母对子女的情，有识之士判定，最好要分离，越早越好，越干脆越好，是为“分离之爱”。除此之外，世上所有的情与爱都是以弥合、聚合和融合为目的。然而，不是每一个目的都有一段愉快的旅程，不是每一个开始都有一个完美的结局。

世间情，善始容易善终难，正如那首歌唱的——相爱容易相处难。

世上最深的情都难抵深不可探底的岁月，人间最浓的情在锅碗瓢盆的交响里，一点点折损，消耗殆尽。

圆满的情、丰润的爱，犹如雨后彩虹，少且短暂。

再紧的握手，总有松开的时候；再有力的拥抱，总有散开的时分；再深的吻，总有隔三米远的时候；再完美的爱，也会有反目的那一天；再深厚的情，也会稀薄如珠穆朗玛峰顶的空气。

人世情就像那走不出的迷宫，费尽一生心力，终于看到了出口的亮光，门口却赫然写着“分离”二字。分离的魔咒，你我皆心不甘、情不愿，却都无能为力。

情以实实在在的糖衣，让我们尝其甜蜜，我们便在甜蜜的回忆和诱惑里，一步一步踏进虚空的世界。

深深交缠的情，无奈地散落、分开，任凭世上最大的蛮力去抵抗，结局就像我那噩梦一样，那情、那人一起逝去，消失在那个名叫“无情”的谷底。

问佛

在古玩市场，与之对视时，不由得想起了一个梦境。

在梦里，那个熟得不能再熟的人，像川剧变脸一样，喜怒哀乐，变幻莫测。很寻常的一个人，入我梦里来，怎么就变成那般怪异？不得而知。

俗话说，梦是反的。

厌恶梦里那个变幻无常的熟人，现实中，对其一直抱有欢喜之心。

将之把玩于手心，心生欢喜，如沐春风，立马购回家。

我喜欢至极的这个宝贝是四面佛头。一个佛头，四种情绪，喜怒哀乐，生动清晰。

自“喜”始，逆时针转，喜怒哀乐；顺时针旋，喜乐哀怒。

左旋右转，转来转去，转出情绪无常，转尽人世沧桑。

原来，人的表情竟可以变幻得这么快，只要轻轻一转，抑或迷蒙入梦，就像初春天气，或者孩儿脸，说变即变，变得干净彻底。

四面佛头展现的人生四态，有与之对应的佛境：地狱、苦海、天堂和极乐。表情变化是末，人生转动方为本。从地狱到极乐，由喜乐而哀怒，人这一生，起落之间，有谁能料到？

经常把玩，摩挲日久，不禁悟从中来。

人生百年，瞬息万变，低谷与峰巅、成功与失败、幸与不幸、好与不好，看似相隔遥远，实则近在眼前。

这个世界，总有那有形无形之手，轻轻转动山川河流，缓缓转动日月星辰，就像我们旋转四面佛头一样，转出完全不一样的世界来。

看淡变化的世界，相守一颗平常心。不奢望，不苛求，万般于我，自然即可，我于万般，淡然处之。来者自会来，去者不可追。古人云：“来者不拒，去者不留。”来来去去的人，起起落落的事，纷纷扰扰的世间，顺其自然，顺应心性，是为根本。

笑可笑之人，哭伤心之事，遇不平则怒，寻开心就乐。人活一世，守一方风平，念一人安好，足矣。

地有东西南北方，时有春夏秋冬季，人有喜怒哀乐情，走遍世界路，阅尽人间色，看惯人世情，万物不执念，万事皆放下。

风行水上，波纹细细生，雾起林间，千树茫茫然。四面佛头，似风如雾，轻轻告诉我，做人做事，不惊不喜。寻常事，平常心，若有反常来，亦平常视之。

处变不惊，遇事不乱。人世风波起，我有平常心。

四面佛头源于唐朝，千百年来，多少人握在手心玩赏。人生四十，我也执一颗，欢喜之至。惟愿佛心驻我心，“不乱于心，不因于情。不畏将来，不念过往”。

活得简单，随缘自在。

问风

午夜梦醒，多半与风有关，热风，或者冷风。

寒风啸啸掠梦境，冷醒梦中人，热风呼呼闯梦里，吓醒梦中人。风里有个开关，不知谁那么轻轻一摁，由梦而醒。

风寒风热，在梦里有质的分野。

冷风，是在睡梦中着凉受寒，肌体以梦的形式，反馈给梦中人，刺激醒来，以求自护。热风源于梦中人自己粗重的呼吸，定是在梦里，遇到可怕的人事，吓得不轻，先是大气不敢出，继而气喘如牛，呼呼之声胜过十级飓风。

人过四十梦频繁，温温吞吞，缺乏锐利感。清寂的夜，梦多梦频，却少有惊扰。

风呢，那酷烈、刺激的风去哪儿了？怎么不再光顾我的梦？

也许是被岁月驱逐出境了吧。

人过中年日过午。身体由盛而衰，冷暖须自知，炎凉得自悟。保养身体，不言自明，情绪控制，事事躬亲。时光赐予的软肋让自己披上无情却细心的盔甲，冷风也好，热风也罢，自然无法刮进梦里。

大起大落已然走过，如今尢惊尢喜，心态放平，眼界放低，闲看天边云卷云舒，一如船行辽阔江面，无风无浪，行程归于平淡。

梦里无风，只因岁月风平；

风中有梦，只为思虑风行。

醒，或者梦，风不再代言身与心的忧伤。平静的日子里，你好，我好，他好，千好万好，不如各自安好。

安好是人生最美的风。

是故——喜欢风吹杨柳，不喜欢风卷残雪；喜欢月光下清风徐徐，不喜欢冬雪中寒风烈烈；喜欢风起时，你在我身边，不喜欢，风歇时，你离我而去……

不管我喜不喜欢，也任凭人们争辩到底是“幡动风动还是心动”，风自岿然不动，风还是风，依然故我，我行我素。

风起风止风无形，风狂风静风无影。

那年秋天，清凉如水，十六岁的我一个人寄居陌生的县城，秋风做伴，有天涯孤旅般的惆怅，无比激越，又无比壮烈。

那年冬天，冷风如割，二十六岁的我一个人走在喧闹的都市，背后洒落两行清泪。失意犹如失血，让我感到无力无心，一路眩晕。时过境迁，冬天北风吹起，我心依然会莫名地颤栗。

那年春天，三十六岁的我回到故乡，桃花笑，绿树摇，欢迎游子归，春风劝人莫别离。生于斯，恋于斯，心在故乡安。累了困了，躺在故乡的怀里酣眠，比什么良方妙法都要好。

章诒和说：“（风）骤然而来，悄然而去，不详其所起，亦不知其所终，思之，令人肠断。”

梦里的风有婴儿的啼哭、青春的欢笑、壮年的叹息、暮年的回味。醒着的风，有人间的悲欢离合。梦与醒之间，有风飘过，炎凉人自知。

风，是什么？

——残缺的生活，圆融的境界，枯瘦的记忆，丰润的人生。

写作感悟：

笑可笑之人，哭伤心之事，遇不平则怒，寻开心就乐。人活一世，守一方风平，念一人安好，足矣。地有东西南北方，时有春夏秋冬季，人有喜怒哀乐情，走遍世界路，阅尽人间色，看惯人世情，万物不执念，万事皆放下。

美善无翼自在飞

掌灯时分，指导孩子写完作业，随手翻看作业册，看到这么一段文字：“有一棵大树，枝繁叶茂，浓荫匝地，是飞禽、走兽们喜爱的休息场所。飞禽、走兽们谈论着自己去各地旅行的经历。大树也想去旅行，于是请飞禽、走兽们帮忙。飞禽瞧不起大树没有翅膀，拒绝了。大树于是想请走兽帮忙。走兽说，你没有腿，也拒绝了。于是，大树决定自己想办法。它结出甜美的果实，果实里包含着种子。果实被走兽们吃了后，大树的种子传播到了世界各地。”

情不自禁，思绪随大树的种子在夜里飘飞。

是啊，世上不存在轻轻松松的收获，也没有无缘无故的成功。通往成功的路上，收获季到来之前，人人都在吃苦，个个都在努力。

老子曰：“将欲取之，必先与之。”

一个人想拥有什么，必定要有与之对等的符合规则的付出，就像《伊索寓言》里的太阳那样，给人以温暖，才如自己所愿。

北风和太阳打赌，看谁能让路上的行人先脱下衣服。北风先冲上去，对行人一阵猛吹，行人感觉冷，把衣服裹得更紧了。不服气的北风使出更大的力气呼呼直吹，行人从包里又拿了新衣服穿上了。北风失败了。太阳上场，丝丝阳光，融融暖意，行人热得冒汗，情不自禁地脱了衣服……

北风想凭借自己的威力，吹落行人身上的衣服，结果以失败告终。太阳以其和善的方式遍洒温暖，行人行以脱衣之礼回赠。对比之后，高下立判。

大树想去远方旅行，恳请飞禽走兽帮忙，其行事方式正如北风，从自我出发，行一己私心，当然难了心愿。失败之后，大树改变策略，心怀助人之意，自然达成自助之愿。这是大树的哲学，其精髓是“利他”。

利他是美善不朽的本质。花不为己绽放，河流不为己弯曲，雨不为己滴落，霞光不为己鲜亮……美善不带私心杂念，犹如风行水上，月隐山林，自然生发，自成一景。

美善处处有，无翼自在飞。

人们歌颂美善，渴望美善，世上偏偏有那么多人和事与之背道而驰。骗人者有之，害人者也不少。我们一边念着“害人之心不可有”的咒，却在内心绷紧那根“防人之心不可无”的弦。我们渴望别人打开心扉，自己却严闭心门；我们指望别人对自己施予善意，却吝啬自己的善良。其结局，就像矛盾的大树一样，想让别人带自己去远行，屡遭拒绝，无果而终。

有人说，人不为己，天诛地灭。利己谁都会，连刚出生的孩子都知道拽紧自己心爱的宝贝。利己有眼前的好处、看得见的触手可及的实惠。但从长远来看，利己是一条永远也没有出路的死胡同。人人为己，那么他人即地狱，个个处在地狱的包围之中，其结果是八层嘲笑十八层，无人能逃脱惩罚。如果个个私心膨胀，这个世界早就被诛灭了。

人间美善，非不能也，是不为也。

世上事，有所为，有所不为，所为只为圆满美善，不为是为呵护美善。人间情，要有舍，才有得，舍去细枝末节，守来春暖花开。

曹雪芹在《红楼梦》借薛宝钗之口，说：“好风凭借力，送我上青云。”（《临江仙》）世上美善当如是，无翼自在飞。

写作感悟：

美善处处有，无翼自在飞。利他是美善不朽的本质。花不为己绽放，河流不为己弯曲，雨不为己滴落，霞光不为己鲜亮……美善不带私心杂念，犹如风行水上，月隐山林，自然生发，自成一景。

总有一记惊雷让你永远铭记

夏末秋初，久旱未雨。

黎明时分，闷雷滚天过，响雷震天响，惊人心魂。晨雷惊扰清梦，吓醒后，再也睡不着。一个人坐在床上，双手捂耳看天宇间，雷电交加，一声一闪一身冷汗。不知过了多久，雷声弱了下去，闪电也渐微渐无，暗天露出鸭蛋青，继而天鹅白，打开窗帘，晨光明媚，那通透的天空像是一幅清丽的画，横看竖看，左眺右望，没有一处不美，没有一处不亮。打开窗户，雨后清新带甜的空气扑面而来，人简直要醉了。习惯了晚起的我，若不是晨雷惊醒，哪有机会看到这般醉心的晨景呢。

俗世生活注定平淡无奇，就像那一个个晚起的早上，洗漱吃饭照顾孩子洗漱吃饭收拾教案整理孩子书包送孩子上学自己也去上课，打仗一样忙。经历这个打秋雷的清晨，我总算明白过来，尘世里总会有一记响雷惊出平淡生活里的奇异来，让你没齿难忘。

逼上梁山

不到万一之绝境，一个人永远没有资格说这个不懂、那个不会，换句话说，寻常日子，平凡境遇，人不可能完全搞清楚自己能量有多大。退到无路可退，你才有资格对“能不能做，会不会做，敢不敢做”之类的二元选择，做出自己的判断。

这个暑假，母亲到妹妹家小住，妻子要上班，又没请钟点工，我放假在家，吃饭怎么办？从未上过灶台，想想都觉得太难了。我可以洗锅刷碗，也会择菜洗菜，还能拖地抹桌子，甚至煮饭洗衣也未尝不可，但一想到要站在灶台，油溅烟熏，烹饪出一道道看似简单的菜肴来，就感觉比登天还难。

对烧菜完全没信心。

但家里不开火怎么行呢？孩子长身体，要均衡营养呢，不可能天天跟我用快餐对付胃呀。千事万事，吃是大事。不做不行，只有硬着头皮上。烧好菜，上传微信朋友圈，朋友点赞，说菜品不错、好看。小宝对我烧的菜的评价也日益向好。

突然想起电视策划人洪涛说过的一句话：“对于我这种不自信的人，不逼自己，就不知道自己有多优秀。”如果不是生活所迫，我哪里会上灶台，哪里知道自己还具备优秀厨师的潜质呢？

逼上梁山，有时，是生活的新方向、优秀的新起点。是啊，你不逼一逼自己，怎么知道自己到底有多优秀呢？

大味至淡

初学烧菜，我谨记一个理念：烧菜，调料为王。为什么餐馆里的菜比家里的更有味更好吃？还不是人家调料放得多嘛！

我做代理厨师之前，首先想到要去配备调料，味精鸡精五香八角桂皮胡椒料酒米酒……大瓶小罐，摆满了灶台。并不知道什么菜要放什么料，保险起见，每烧一样菜，把辛辛苦苦搜罗来的调料各取少许，起锅之前，像古战场那样，万箭齐发。

初次烧菜，端出一荤两素，小宝的评价是：“还不错。”小宝的味蕾一直保存着她奶奶炒的菜的清淡感觉，初尝她老爸的重口味，难怪会给我一个不错的评价。

接下来，任我怎么努力，烧出的菜，小宝的评价都远不如第一次。调料或轻或重，味浓味淡，都不合乎小宝的口味。给完差评，她说："还是第一次炒的菜更好吃一些。"

索性不要那样盲目下料吧，烧出一桌清菜淡汤，居然大获好评。用小宝的话来说："这次的菜是 B+，第一次是 A，其他的都是 C-。不要骄傲呀，你再努力，我就给你 A+。"

删繁就简三秋树，由浓至淡千江月。古人云：大道至简，大音希声，大味至淡。人间至味是清欢。

请关好门

不烧菜做饭，真不知道要和冰箱那么亲密，开关 N 次。买好菜蔬，开门，放进去，关门；炒菜之前，开门，取出来，关门；有剩饭剩菜，开门，放进去，关门；存取水果，开门、关门。而女儿只是从冰箱里拿水果，才会想去开门。

好几次，发现冰箱冷藏室里到处是泠泠的水珠。仔细查看，原来是冰箱门没关好，热气跑进去贪享清凉。马上想到是女儿没关好门，和颜悦色地劝告女儿："下次开冰箱拿水果，一定要记得关好门！"女儿说："好。"想起高档一点的汽车，开门之后，都有自动语音提示系统：请关好门。我真想冰箱安个这样的装置。

类似现象，又发现 N 次，我不禁恼怒起来，训斥女儿："你怎么老是不关好门呀？"女儿一脸委屈，说："我今天一天都没挨冰箱呢？"我质问："你没开冰箱，那冰箱门怎么没关好呢？肯定是你不小心没关好的吧。"最后，女儿都气哭了。抛下气怒，好声去安慰她。

冰箱门到底是谁没关好呢？是我自己。

有次，急需一只朝天尖椒，急急开门重重关，结果因为用力过猛，冰箱门触底反弹，露出一道微小的缝。只好重关。想来乱与急的情况下，我这样关门不会少吧。

遇事，人为什么都不喜欢从自己身上找原因，而是想当然地怪罪于他人呢？责己，就这么难吗？一个人，什么时候学会了从自己身上找原因，不给自己找借口，他就走向成熟、变得文明了。再遇什么事，我的脑海里都会想起“请关好门”的提示音，引导自己“严于律己，宽以待人”。

电话号码

寂寞午后，在站台等公车，知了在树梢发疯似的鸣唱，扑面而来满是灼人的热风，公交来了，又去了，久等不见我要乘坐的那一路。公交站是容易滋生绝望情绪的地方。就在我深陷绝望之际，偶然瞥见一串电话号码，是某校外辅导机构印在户外广告上的联系方式。突然就想到她，觉得这手机号和她的很相似。赶紧拍下，立此存照。

告诉她：“发现一个手机号码，感觉和你的只差一点点，像姊妹号呢。”

她说：“这么巧呀？报我听听。”

我把存照给她传过去。她惊叹道：“你神经呀。这个号和我的相差太远了，除了前面四位和后面一位数字相同，其他都不一样啦。”仔细比对，确实是，五同六异，我怎么就推导出是姊妹号呢？

张爱玲说：“一些事，明明不相干的，也会在心中拐几个弯想到你。”思念原来也会拐弯呢。

树的死因

黄昏时分，我和女儿喜欢去校园纳凉。

从家到我的学校，必经的那条街有两排行道树，临靠街面的，郁郁葱葱，依偎操场的，繁盛葳蕤。值得一提的是，靠近操场这边的树，因学校操场内有一小片原生态林子，树木苍翠，鲜活而劲道，逗引得行道树也长得欢，生龙活虎。

也许经历了久旱的伏天，行道树枯死了几棵。

我问女儿："你说说看，这些树为什么会死呢？"

"这树底下长满了草，把水都给吸干了，所以它是渴死的。" 女儿又指着一棵树，说，"这棵树被你们学校的大树遮住了阳光，没有得到阳光的温暖，所以它是冷死的。"

后来，园林局来处理枯树，我与专家闲聊，女儿的推断和专家的判断竟然完全一致。

网上流行一句话："生，容易；活，容易；生活，不易。"为什么会这样呢？生只要水，活只需光，而生活呢，除了光和水之外，还想要更多。一个人在烦恼和埋怨的时候，不妨看看身边的植物，想想它们的生活理念，也许会更达观一些，更开朗一点吧。

超市孤儿

超市收银台下大都有一个购物篮，有时空空如也，有时零星躺卧一些商品。这些东西都是被顾客选中但又因种种原因被弃不购。这个夏天，我带女儿在某家超市购物，发现那篮上赫然写着：孤儿商品。再看里面的商品，竟然真觉得它们像孤儿一样，楚楚可怜。

与孤儿商品相类似，有些商品被顾客选中，放入购物车，结果半途中被随手丢弃在别的商品货柜、货堆上。这样的顾客多了，离开原货位的商品也像孤儿一样，显得那么不和谐。孤儿商品多了，理货员就要辛苦了。

和女儿一起逛超市，见一个和女儿差不多大的女孩子推购物车，车里坐着一个小男孩，是她的弟弟。姐弟俩在货柜前搜寻，小男孩抽捡一些商品到车内，然后，姐姐推车游走。间或，小男孩把车内的商品放回货柜里头。我不知道他们在玩什么游戏，显然，超市的工作人员也没搞明白他们意欲何为，大喊："你们怎么又来了？快回家玩去。"

姐姐告诉我，他们玩的游戏叫"商品回家"——将那些走散的商品归复原位。我问那姐弟俩："你们在超市玩，谁带你们来的？爸妈呢？"他们异口同声地说："我们自己跑出来玩的。爸妈在外面打工。"

孩子为什么希望"商品回家"，也许只是因为好玩，也许是因为他们内心深处渴望回家、回到父母身边吧。

写作感悟：

经历这个打秋雷的清晨，我总算明白过来，尘世里总会有一记响雷惊出平淡生活里的奇异来，让你没齿难忘。

五元钱

宴会散了，我已微醺，风中吹来冬的寒意，但因了酒劲，浑身热热乎乎。此种状态，适合打个电动车回家，不会受冻，还能省几块钱。

拦了一个“电摩”（南昌已禁摩，非法营运的全是电动车，人称电摩），他非十三块钱不去。来时，还是高峰期，打的也才十五元，现在这个时段，你开这个价，宰人也太凶了点吧。那人还在饶舌般地解释路远，又一电摩来了，我伸手拦下，开价八块。二话没说，上了他的车。

上了车，电摩师傅问我为什么不坐刚才那个人的车。我说：“那人开价太高了，跟打的差不多。你比他便宜五块。”他说：“五块钱能吃一顿呢。”我心一惊，不解地问：“是吗？”物价高企，五块钱能吃上什么呢？我还真不明白。

一路上，他饶有兴趣地给我开列五元餐：拌粉配瓦罐汤、南昌炒粉、大蒜炒肉、腐竹烧肉、萝卜炖排骨、莲藕炖肉、藜蒿炒腊肉、粉丝包菜、肉末腌菜、豆泡烧肉……

有些菜，在我印象中，五块钱远远不够的，例如藜蒿炒腊肉，他就解释说，那就份量少一点嘛。想必这人在家是烧菜的一把好手。

一路走来，让我改变了对五块钱的看法。在我印象中，五块钱的用途太有限了，可有人却能像变魔术一样，翻炒出如许令人垂涎的家常菜来。

写作感悟：

都说“饮食男女”，人活一世，吃是大事。能在五块钱的水平线上，做出如此花样的人，必定是开朗达观、热爱生活的人。

考大学谁说了算

初到南昌时，我常去叔叔家玩。

那时，堂弟上初中，他知我爱书，便拉我到街角逛书摊。书有新有旧，盗版多正版少，最划算的当数旧《读者》等杂志。你若不买，随手翻看，摊主也不恼不赶。在那里，我消磨了不少柔软时光。

后来，叔叔搬了家，一晃十四五年，便再没光顾那里了。

前不久，携妻带女逛街，再度路过那里，书摊还在，只是规模小了很多，顾客不再云集，冷冷清清的。女儿见花花绿绿的书，一眼相中《喜洋洋与灰太狼》连环画册。妻说："天天看电视剧，这个就不用买了吧。"女儿不乐意，嚷嚷着要。摊主见势说："你女儿长大以后一定会考上好大学。"

并非冲他的奉承，我花了两块钱买了这本小画册。

摊主收钱时，特意解释说："住在这附近的孩子，谁能考上大学，我从小就知道。喜欢来我这买书看书的，长大后都考了大学。他们长大了，果然应验了我的看法。"

考大学，到底谁说了算？就这小书摊主么？

突然想起文友张丽钧大姐的散文《遍地筛子》来。张姐是某中学校长，某晚天气异常恶劣，巡视高三某班，发现来的同学很少，也是有心，将所有同学的名字记了下来。当年高考结果出来，找到那晚的名单一对照，有了惊人的发现——所有那晚到校的同学都考上了大学！张姐说天气是把筛子，筛出了成败。

由此推断，能不能考上大学，天气说了算么。

其实，不论光顾书摊与否，也不论天气是否恶劣，都不是成败路上的导向性标志。考上大学（抑或说成功），决定因素是习惯。看书爱书，久而久之成习惯，视恶劣天气为平常，亦是一种良好习惯。

写作感悟：

好的习惯，自然会指引出一条成功之路来。

尊 重

一

当年，父亲对我说：“只要你能考上中学，我就让你一个住一间。”我反问道：“哪有？”父亲坚定地说：“我们做新房。”

从挖地基，到卸砖瓦石块，从拉水泥石灰，到砍树做檩椽梁檐……父亲事事躬亲，整整两年，新房才落成。为了给我安排一个单独的房间，父亲花费了一辈子的心血。

我去镇里念初中的时候，还住在老屋子里，当我回来，一家人已在新房里等我。

推开西前屋，里面摆着一张大床、一张书桌，明净的玻璃窗透着极亮的光。我在床上翻滚起来，心想，这儿就是我的独立王国。

自从有了属于我的房间，父亲像变了一个人似的。最明显的就是，他不再动手打我了，甚至大声喝斥也很少。他想在院子里栽果树，还问我：“是栽枣树呢，还是柿子树？”我说：“就枣树吧！”

于是，我家的院落，春来，枣花片片落，秋后，枣粒累累挂。

二

近日，读关于西南联大的史料，有一个细节让我感动了许久。

西南联大是由当时北京的北大、清华和天津的南开三校南迁合并而成的。他们南迁至湖南，抗日名将张治中配给校舍，拨付资金，极力挽留他们在湘地办学。但是，没有任何办法，他们要继续南下。临走时，张将军亲自送行，见一个步行团的师生那么苦，就嘱属下，给他们每人配发一套军装。为了师生的安全，张治中将军还让黄师岳率团护送。

在经贵州去昆明的路上，非常之难，“天无三日晴，地无三里平，人无三文银”。学生毕竟不是兵，组织纪律性差多了，走着走着，队伍就越拉越长。

贵州山区，很多“之”字形山路，如果从小道直上直下，便近了许多，能省不少时间，学生们大都跟着战士抄近路走。偏偏有一个着长衫的老教授，有大路绝不走小路，逢弯必拐。战士不高兴了，准备驾着他，抄小路。黄团长严厉训斥有这种想法的战士，指示他们，必须顺着老爷子的脾气来，跟在老教授后面，护着他。

一路走，一路等，他们终于安全抵达昆明。

三

香港中环是跨国公司亚洲总部汇聚之地，这里寸土寸金，极其珍贵。香港汇丰银行总行大厦，一直以来就是这儿的标志性建筑。这座大厦高八十层，底部全部架空，只用钢墙柱支撑，下面完全开放，行人可任意穿行。

这一设计实在是浪费惊人啊！如果他们把底座全部利用起来，开发成商铺出售或出租，那将是多大的收益啊！然而，自建成以来，这儿一直就是公共用地，供行人走路。

每逢休息日，这儿就云集一大批菲佣，他们自带草席或塑料布，席地而坐，有人打牌，有人唱歌，有人看书写字，更多的聚在一起聊天。这里成了他们免费的娱乐总会。

菲佣的疯狂“占领”，确实与这个国际大都市的繁华中心极不协调，不少人建议他们撤出此地，另觅他处。但是，这些城市最底层的外来者，到哪儿能找到免费的去处呢?

最终，这些来自菲律宾的佣工依然故我地在这处免费的天堂，舒展自己的身心。

四

去柜台或 ATM 机上取钱，或者在 POS 机上刷卡，在输入密码的时候，旁人都会主动退到一边，或将头偏向他处。这已然是大多数人的自觉行为了。

尊重，就是给他人单独的空间。从我的父亲到张治中将军，从黄师岳团长到香港汇丰银行总行的领导，无不在践行这一点。

写作感悟：

当每一个人都拥有自己的空间，哪怕是相对独立，我们这个社会就算富足；而当每一个人能够自觉给他人一个独立的空间，哪怕是相对独立，那么，我们这个社会就算文明。文明比富足更具有厚重感和质感，更让人向往和迷恋。

永远不晚

喜欢吃胡老太的辣酱有些年头了，味儿重，香醇厚，恰到好处。偶看新闻，才知，“胡老太”真名胡衡芝，已是七十二岁高龄的老太。商海沉浮二十载，胡衡芝从退休起念生意经，如今已荣誉载身，富有余裕。

当年，胡衡芝在万寿宫商城练摊，家人一万个不乐意，认为有稳定的退休工资，捣腾来折腾去，不累呀？好不容易清闲下来，还去吃那苦，何必呢？练摊十年，她收获满当，在洪城大市场买下店面并经营百货。能在这个市场有一门店，定是南昌生意场上的佼佼者。然而，功成之际，一个华丽转身，胡衡芝进军实业，于六十一岁之龄，创办胡老太辣酱厂。如今，胡老太辣酱是印在南昌人味蕾上的一张金质名片。因之，胡衡芝得以“江西省十大创业先锋”“南昌市十大杰出创业女性”和“百姓创业标兵”等荣誉加身。

谈及为什么搏击商海，胡老太说：“其实也没什么的，只是闲不住，闲下来就闷得慌。”只是为了不让自己闲下来，她便想方设法要做点什么，这一做，成就了十万财富梦想，金灿灿的夕阳红为生命披上华丽的外衣。

做生意，五十岁起步不算晚，写小说亦是。

2010 年 5 月 23 日，著名作家叶广芩来南昌参加首届中国小说节，我与本城几位作家一道，陪同她在郊外某田园山庄采风。被人问及创作，叶老师坦言："真正写作，我是从四十八岁才开始的。那时，还在医院做护士，见一病友在床上读小说，感动得热泪纵横，便要来看。读后便想，这样的小说我也能写。"就这样，她写开了，凭借写小说改变命运，写成著名作家。叶广芩写出《梦里何曾到谢桥》《全家福》《老县城》和《青木川》等脍炙人口的作品，屡获"鲁迅文学奖""全国少数民族文学骏马奖"等诸多文学奖项。

叶广芩对我等小辈说："作家应该是心灵按摩师，让读者在浮躁的氛围中安静下来。"应该说，这是一代名家写作多年所悟到的吧。当然，我们也可以将此理解为她的成功秘诀。

与叶广芩相似，美国作家安妮·普露（E. Annie Proulx）亦是后起之秀。

1935 年，普露在康涅狄格州出生，成年后一直从事新闻采编工作，直到五十岁才开始小说创作。1992 年，她的小说《明信片》摘得"福克纳小说奖"。次年，长篇小说《船讯》获得"普利策奖"。她为中国读者所熟知，是因为作品被改编成电影。

六十二岁时，她所创作的小说《断臂山》被华人导演李安成功改编，一举夺得第 78 届奥斯卡最佳导演、最佳改编剧本奖和最佳配乐奖三个奖项。电影让她声名鹊起。当被记者问及为什么要写此小说时，安妮·普露说："我的创作动机是一个爱情故事。……我们都渴望知道，有时候对爱会以强大而永恒的方式存在着，并且对谁都有可能。"

为爱情而创作，算是普露成功的法宝之一吧。这也暗合了文学创作的普泛规则——爱是文学永恒的主题。

论起步晚，晚莫过于哈兰·山德士。1890 年 9 月 9 日，哈兰·山德士出生于美国印地安那州一个普通农庄，六岁那年，父亲去世了，家境贫寒，前半生生活沧桑。"二战"后，他陷入一贫如洗的状态，靠领救济金度日。

如何摆脱困境？哈兰·山德士认定路只有一条：卖炸鸡！被人拒绝了1009次，仍不屈服于命运，转机在第1010次，这一年，他六十六岁。如今，肯德基已是世界快餐连锁领军企业、全球著名品牌。

哈兰·山德士友情地提醒后来者："六十六岁创业也不晚。"

写作感悟：

人这一生，不论创业守业，也不论追求什么，向往哪样，只要在路上，只要没有停步，就不要嫌晚。因为，永远都不晚。

不要透支别人对你的善意

接到一个陌生的电话，一听是黎凡。

往事如莲，记忆中的馨香，四下里溢散开来。疏于联络的这些年，黎凡华丽转身，从一名娱记摇身变成一名影视编剧。久未联系，她还是那么直爽， 告诉我她编写的电视剧正在江西台影视频道热播，叮嘱我有空去看看，多提宝贵意见，云云。然后，很自然地聊起往事，聊及汤姐。

每个人都是一部书，这书页里总会有些曲折的章节，时而清朗，时而晦涩，有时还会阴暗，让人在尴尬或者苦痛中自醒。翻过这一页就好了，弯道过后是正道，坎坷后面是顺途。黎凡和汤姐是镜子的正反面，汤姐照亮我，我照亮她。

这事还得从头说起——

那时， 我刚从一所学校出来，在于丹老师担任总策划的某杂志做小编辑。初入行，稿源缺乏，手头没有几个合乎杂志风格的作者，很是头疼。做了一段时间，才慢慢理出头绪来，结识了不少作者朋友，甚至也有自己写稿的编辑同行，汤姐就是其中一位。她是一家青年刊物的骨干编辑，写得一手漂亮的华章，文字间似有清幽的月光和疏朗的清风。

有一期快截稿的时候，我主管的“看碟”栏目，连送几篇都被毙了，急缺稿，让我慌得像热锅上的蚂蚁。打电话向汤姐求助，第二天她便将电影《U-571》观后文字传真过来，超棒。送审，主编很爽快地签下“发”字！那一刻，我如释重负。

转眼新一期又要交稿了，“看碟”又没有让我满意的稿子，习惯性地又拨通了汤姐的电话。她在电话里说：“我也要编稿子，实在抽不出空来看碟给你写呀！虽然我也写东西，但我不是专门写影评的，上次纯粹是帮你，你不能再让我为难了。你得发现甚至培养自己的作者队伍，不能老指望我对你的帮助。”她的这番话，让尴尬至极的我顿生一股莫名的火气。我认为请她写稿，是看得起她，孰料却遭到这番批评和训斥。

没多久，我深深理解汤姐，并明白一个道理——陷入困顿，找朋友帮一次，无可厚非，但从此依赖上了朋友的善意，显然不合乎常理了。促使我发生这一改变的，正是黎凡。

离开杂志社后，我跳槽到一家报社做记者。七月底的一天，我正伏案写稿，电话响了，是黎凡打来的。她告诉我，他们正策划做“八三男人节”的新闻，邀请我们报纸也一起参与进来。她向我打听领导的电话，我顺手把我们主编的办公电话告诉她，以为这事就完了。到了八月，她每天二三个电话，问询这事。后来，我烦了，对她说：“我只是一个小记者，这样的策划我做不了主。把领导电话给了你，我就算帮到位了。你这样催我，又有何用呢？”那一刻，我感觉到了深深的厌烦，并理解了汤姐当时的心情——人不应该让别人对自己的善意产生依赖！我把汤姐的故事说给她听，她呵呵一笑，说：“下次回江西，我请你吃饭！”

也是我们有缘，后来，我们仨在南昌相逢，成了好友。

黎凡编的电视剧确实不错，我打电话给她祝贺，聊我的感受和看法，她没提要我写影评做推广。她应该知道，若我有心，必定会做，若我没感觉，强打起劲写，只会收获无趣。岁月让我们平淡下来，也成熟了不少，朋友之间的善意，大家都谨慎小心地收存，惧怕浪费一丝一毫。

这让我想起美国作家罗杰·迪恩·凯瑟写的小故事《会说话的鸟儿》（由翻译家孙开元先生翻译）。故事中的“我”从小生活在佛罗里达州的维尔孤儿院，有一次，回院的路上，碰见一个女人坐在自己家门口吃三明治，嘴馋了，脚就拨不开。女人送给他一个肉馅三明治，并说：“如果想吃肉了，就到我这儿来。”第二天，“我”照例又吃到一个三明治。那次，“我”坐在她家厨房的餐桌上吃，看见屋角挂着一个鸟笼，里面有一只黑色的大鸟。她说：“这是一只会说话的鸟儿。只要你反复在它跟前说同一句话，时间长了，它就学会了。”此后半年，“我”在放学回孤儿院之前，都会吃到她给的肉馅三明治。只是后来，“我”去时，她都会提前盖好鸟笼。所以，从来没听过鸟儿说话呢。有一次，“我”再次来到她家，敲门喊人没回应，就径直去了厨房，发现餐桌上的字条，说有事不在，三明治在桌上，让“我”走时关好门。走之前，“我”看见那个蒙着布的鸟笼，在好奇心的驱使下，轻轻掀开一角，布滑落下来，受惊的鸟儿尖叫起来：“那个该死的孩子又来了！”“我”赶紧盖好布，跑出来，自始至终，除了自己，没有看见其他的孩子。

凯瑟长大成人后，对此有深深的感悟：“无论对谁，千万不要透支别人对你的善意。”

不是每个人都能遇到这么一只透露秘密的质朴鸟儿，也不是每个人都能像汤姐那样推心置腹地说出知心体己的话来，不是每个施予善意的人都会心情舒畅，不是每一个善意都是那么的通体温暖……所以，不要让别人播洒于己的善意，成了人家的负累。

写作感悟：

善意是枝头娇艳的花，经不住毫无节制的风雨无休止地摧折。别人的善意是晨曦中草尖上的那一滴滴露珠，美则美哉，尤需珍惜，切莫当作凉白开拿来解渴。

走的人太多，路就难走

那次陪朋友去郊县考察山林和水体开发项目，一个来回，对路有了另一维度的认识。

朋友开车，从市区出发，横平竖直的城市道路很漂亮，但有点堵。出城后，走的是宽阔平坦的高速公路，下了高速，穿过县城，驶入105国道，一路向北。出县城不远，我感觉坐的不是车，是船，风浪中颠簸的小船。

这走的是什么路啊？

朋友说："105国道啊！"

还记得十几年前，每次上学，我都要从南昌坐长途班车走105国道南下，去往赣州。那时的车没现在多，路很好走。对105国道的美好印象，那时便打下烙印。就在前不久，我从南昌出发南下走105国道，路也还不错，只不过，车比十几年前多多了。为什么朝北走的路，会烂成这样呢？

原来，昌九高速公路（江西境内第一条高速路）还没有开通的时候，江西中南部经由南昌北去的所有车辆都走105国道，车多且密挤，把路给压坏了。十多年前，昌九高速公路修通，车大都分流到高速上去了，国道日渐败落，车少人稀，少有人问津。有那么一段，管理也成盲区，日久，自然坏得比较彻底。

鲁迅先生有句经典名言："希望是本无所谓有，无所谓无的。这正如地上的路，其实地上本没有路，走的人多了，也便成了路。”从我此次走105国道的经验来看，鲁迅先生的话得反过来讲了，不是“走的人多了，也便成了路”，而是走的人多了，路就难走了。在昌九没修通之前，联结南昌和九江的105国道，有多少汽车打这儿走呀，走到多么顺畅呀！而今却烂成这样！

走的车多，路就难走，同理，走的人多了，路也难行。

例如大家都去炒股，奔赚钱而去，但真正达目的者稀而寡。证券市场摆摊卖报纸的，网络上卖炒股软件的，因为旁门左道，走的人不多，反而收益稠而多。我老家的农民兄弟，种田的少了，外出打工者众，余干县有种田专业户到我们那边揽田耕作，居然年收入也达二三十万呢！城市打工者云集处，我总能见到在天桥下等活的农民兄弟，这样空耗，收入可想而知了，有人专门为这帮等活的农民兄弟做快餐，进而帮他们做职介。因为做的人少，没有什么竞争对手，也大发了。

路上的人也难逃“稀为贵”的法则了。江西作家欧阳娟在其小说《我有票》中有段精彩对白——“离开浅庄的时候那男人对她说：‘你们老家真落后，连条像样的路都没有。’（傍上北京大款的苦命的农村姑娘）汤菊芹回：‘你们大城市看起来四面八方都是路，其实没有路。我们穷地方看起来没有路，其实到处都是路。’他不是她的丈夫。他只是她的一条路而已。”汤菊芹所选择的这条路，也是少有人走的，故而在欧阳娟的小说中，这条路算是命苦的姑娘最管用的一张票。

世上的路处处皆是，脚踏之地即为路，条条道路通罗马呢。但如果走的人太多了，路就难走了，直至没有了路，例如大城市看似宽阔的大街是豪华的路，但塞满了车，就不叫路了，确切地说是露天停车场罢。我走过的那一截105国道，人们闻之色变，已少有人走了。少有，或者没有人走，再称之为路，多半是不合适的。

还是那句话，走的人多了，就没有了路呢。

写作感悟：

如果走的人太多了，路就难走了，直至没有了路，例如大城市看似宽阔的大街是豪华的路，但塞满了车，就不叫路了，确切地说是露天停车场罢。走的人多了，路就难走了。

幸福从平衡点出发

一家电视台搞了一个有趣亦颇有意义的“幸福调查”，抛将出两大问题:“你幸福吗？”“你觉得幸福是什么？”遍询各行各业各色人等，结论丰富多彩，如七彩泡泡横空飘飞。

幸福是什么呢？像斯芬克斯之谜，困扰了多少人。这是哲学大难题、人生大课题。有人说，幸福经不起追问。一个人自问幸福不幸福的时候，多半困陷于不幸的泥潭中，无法自拔。若是被人突然问及幸福，脱口而出“幸福”者，多半是泡在幸福蜜水里乐不可支。而那些迟疑者、支吾者、摇头者，相较于战乱中的人们、遭遇饥荒的人们，幸福不幸福，不言自明。

愚以为，幸福是平衡的产物。当天地平衡、风调雨顺，人们免于饥饿，幸福自会发芽；当社会平衡、昌明廉洁，人们免于灾祸动荡之苦，有希望在心，幸福自会像花儿一样开放；当人与自然平衡，吐故纳新，安康欢畅，免于疾病的纠缠，幸福的果实将丰饶生活的每一天。

平衡有益，平衡有大义。

说到平衡，得先晒晒我的宝贝女儿融芳。她今年五岁，自打学会走路，就是个标准的平衡秀爱好者。带她出去玩，每遇路肩、横杆等，她非要上去秀下平衡不可，怕摔倒，她就拉着我，为安全起见，我也会在她身旁提供保护。看她一步一摇一小心地玩平衡，甚是有趣。

留心其他孩子，一个个莫不是爱玩平衡，在略显危险的环境中找乐。

回想忧郁青春亦如是。黄昏时分，一个人沿风雨球场下水道那窄得只能容半只鞋的水泥边线上缓行，借着稳固身体平衡的机会，匡扶倾塌的内心世界，校正失去平静的心。

或许，每个人的心底都有玩平衡的情结吧。

将这一点做到极致者，非挪威男子埃斯基尔·罗尼斯巴肯（Eskil Ronningsbakken）莫属了。他大秀悬崖平衡绝技，用柔弱的身体在奇美的大自然中作画，与世界完美融合。表演时，他拒用保险带和防护网，惊险程度令人叹为观止。由此，他拥有众多头衔——国际平衡艺术创始人（Founder of Global Balancing）、高空极限平衡艺术表演家、环球旅行家、平衡哲学演讲家，被誉为“在悬崖边创造美的人”。

肢体平衡，妙在欲跌未跌、将倒未倒间，快乐顿生，成就感萌发，是人生的轻幸福。

幸福感，远离庸庸碌碌者，不近游手好闲者，哪怕你权倾一时、富甲一方。幸福喜欢在你努力进取之时，以及踏实追求之际，冒出可爱的尖尖来，与你深情对视，逗你一乐。

有次，拿新买的裤子去绞边，左寻右觅而不得。这不奇怪，给裤子绞个边，才区区二三块钱，靠这活计养家糊口，其难度之大，用手指就能想出来。终于找到一处路边摊，一位四十开外的妇女装束简约，气质不俗，坐在小凳上，边做十字绣，边等生意来。她拿过我的新裤开始剪裁，我闲坐一旁，看她忙乎，拉拉家常，才知眼前守摊的她，有惊人的家世。她有两个孩子，大的在英国留学，小的在北京上大学。供孩子读书，耗去百余万资财，这可不是小数目，非普通家庭所能承担。

我问：“你家庭条件那么好，为什么还要守这小摊呢？”她说：“家里再有钱，也是老公挣的，我也要尽自己的能力挣钱才是。人老待屋里，心闷得慌。出来做事，心里也快活些。”挣钱不为养家，而是驱逐闲散无聊，找到内心的平衡。

无独有偶。一位大姐忙时随老公在广州做生意，闲时回南昌带孙女。在南昌，她老公人闲心不闲，电话里谈业务，酒桌上忙应酬。家里事由保姆包揽，她除了早送晚接孙女，几乎无事可做。一次，在附近一家超市看到她，不是购物，而是在那里做理货员。问她收入几何，她说每月挣千儿八百。守着千万家财，挣这点小钱显然不是目的，是找法子让自己忙起来，告别无聊吧。惟其如此，快乐才不请自来，幸福方触手可及。

人与人、人与事、人和世界、人和自己，都存在一个平衡的问题。与自己之间的平衡，情绪是个关键的阀门。掌控好情绪阀门，需要我们一生去修行。身心疗愈大师、整体医学医生罗伊·马丁纳（Roy Martina）的专著《改变，从心开始——学会情绪平衡的方法》，对情绪平衡有精到的论述。他给人提供了一个减压放松、平衡情绪的简易方法：放慢呼吸，头尽量往后仰，闭目想象自己在蓝天下、青草上……紧张时不妨一试，效果不错。

平衡情绪是一条通往内心简宁的幽深小径，路的尽头，幸福如彩虹般亮闪迷人。

情绪要平衡，人心亦然。心有所动，身有所为；心有所畏，身有所忌。王夫之说：“天有所不敢，故冬不雷而夏不雪；地有所不敢，故地不流而水不止；圣人有所不敢，故禹汤不以天下与人，孔子述而不作。人皆有不敢之心，行于恻隐羞恶辞让是非之中。”敢与不敢之间，有为也有畏，是为心的平衡点。

人生时时做平衡，生命处处觅平衡，一个人站在平衡点上，便是快乐的起点、幸福的原点！

写作感悟：

人与人，人与事，人和世界，人和自己，都存在一个平衡的问题。与自己之间的平衡，情绪是个关键的阀门。掌控好情绪阀门，需要我们用一生去修行。平衡的情绪是一条通往内心简宁的幽深小径，路的尽头，幸福如彩虹般亮闪迷人。

小善大爱

去探访古老而神秘的中国，成了他大学毕业前最大的心愿。1997年夏天，在父亲的鼓励下，他背上一个简易旅行包，踏上这片神奇的土地，开始了新奇的中国之旅。

为了看到原味中国，他选择坐绿皮火车，哐哐哐，慢慢开，大站停，小站也靠，还没有空调。坐这种车的大都是中国底层老百姓。一天深夜，他照例上了一趟绿皮火车，车厢里人少，好多空位，一些中国乘客脱了鞋袜，躺在座位上呼呼大睡。他入乡随俗，也跟样脱了鞋袜。由于连日赶路没洗袜子，难闻的汗臭味散播开来，他连忙把袜子塞进旅游鞋里，将臭味控制在最小范围。旅途劳累，疲乏交加，他弯成S型，侧卧而眠，很快进了梦乡。

醒来时，他伸手去拿袜子，没了，猛抬头，发现挂在挂毛巾的杆子上。原来，对面坐着的中国老大妈在他熟睡的时候，帮他洗净晾好。身处陌生的异国，得到这样细致的关心，他深受感动，对眼前这位素不相识的中国老大妈顿生敬意，对古老的中国充满好感。

回到祖国丹麦，他将这一细节告诉了父亲。父亲是职业外交家，时任丹麦驻卢森堡大公国大使，听闻儿子有如此感受，也不枉此东行了。

在卢森堡市，这位大使见到中国驻卢森堡大使施燕华女士，对她说："中国人真好！" 施大使笑问："您为什么这么说？"他便将儿子到中国旅游、中国大娘帮忙洗袜子的事说开了。

老太太为身处异国他乡的小伙子洗净一双袜，是针眼般的小善。善小当量大，传导开来，成了大使与大使之间庄严的话题，浓情致谢致敬之际，成为一国对一国的好感源头。

关于袜子，朋友给我讲过一段温馨的经历。那年冬天，她去北方出差，穿着新买的高统靴子，心情很好。这是她第一次出差，第一次去北方，新鲜好奇让她躺在火车卧铺上久久不能入睡。醒来时，北方通透明亮的阳光已照进车厢，起身去摸靴子，发现不见了。到处找，四处问，甚至惊动了警察，仍不见新靴的踪影。糟糕透顶，新买的名牌靴子，刚穿上就被人偷了，实在可恶！尴尬的是，她没带备用鞋，大冬天的，总不能穿个袜子走路吧？这时，对面铺位上一个大姐从自己的行李箱里找出一双厚厚的棉袜送给她，说："没有鞋子，就多穿双袜子吧，这样也能保暖一些了！"感人的一幕发生了，同车厢的其他旅客纷纷掏出自己的袜子，不一会儿，她的铺位上摆满了花花绿绿的各式袜子，有女式，甚至还有男式。在陌生的火车上，她感动得直抹眼泪。

她跟我们讲这个故事的时候，也深深地感染了在场的每一个人。那一双双袜，是旅客施予的温暖小善，落在朋友的心里，却是无私而博大的爱啊。

我心底也隐藏着一段和袜子有关的美好回忆。那时，我们是一对青涩的恋人。她是城里人，家境好，而我一介农家子弟、一个穷教书匠，门不当户不对的，她家人坚决反对。她一直在摇摆之中，时冷时热，让人猜不透她的心。热时，我看到希望；冷了，是在绝望中煎熬。此爱就像钟摆，在希望与绝望之间，来回摇动。

那时，偶去她家，见到她的家人，哪怕再冷，也用自己的热情去迎合。在她家里，感觉自己像在老家忙"双抢"一样，累得不行，心累。出来时像囚徒放风一样，放松得有些放纵。

有次，从她家出来，心轻如羽毛，顿感无限舒适。一般她不会送行，这回，她追到楼下，对我说："上次，你来我家，看到你的袜子破了个洞，脚趾头都露了出来。这双袜子送给你！"递了袜子，她转身回去了。我双手紧握着那双新袜，望着她的背影，感动万分。爱与不爱，在这一刻，已无纠结的必要。那一刻，手上握的不是袜子，应是她真切的爱吧。虽然此爱未能善终，但她赠予新袜，总让我心心念念，难以忘却。

写作感悟：

长留于心的，不是场面的轰轰烈烈，亦非大是大非情境中投射在心原上的大爱大恨，而是那些带着小温馨的人间小善良，例如这一双双袜子承载的让人备感温暖的情愫。小善筑大爱，怡人情，暖人心，让人念啊。

凤凰花开

凤凰花开六月艳。这次，随同南昌市青年文艺家采风团赴福建采风，畅游厦门三日。虽是二次游，所见还是新鲜，所感仍是新奇，身心舒畅，甚是惬意。感动人心的，向来不是风云变幻、历史沧桑，而是那涓滴细节。

感受厦门，从那些碎屑般的细节开始——

鼓浪屿的蚊子

首登鼓浪屿是在2010年大年初二。当时，南昌还是寒冬，而此地已有初夏般的热。那次坐轮渡去鼓浪屿，那种拥挤至今让我仍心有余悸。人真多。此次再上鼓浪屿，导游说鼓浪屿有“三多”：巷子多、蚊子多、人多！有过那次游程，对巷子多和人多有切身体会。

怎么会蚊子多呢？

导游解释说：“蚊子都是台湾来的。这些蚊子飞越海峡赶回老家，见到了祖国亲人，它的第一问候就是狠狠地亲你一口！”

呵，蚊子！多么重情、多有诗意的蚊子！

偶遇爱

我们一行人排成不规则的线，穿越在鼓浪屿热闹的街巷。

人们都朝前而去，我却被一座古韵悠然、洋味十足的建筑物深深吸引。近前一看，才知是基督教三一堂。基督教在厦门已有 170 多年的历史了。作为第一批五口通商城市，这里洋人多，传教繁盛。对于基督教，向来不甚明了，只因接触不多；对于爱，仍不甚明了，只因接触太多了吗？不知道。也许爱经不经意间天天念着，但你若问我什么是爱，我真的说不出来。我能书写天下所有文字，却表达不出爱的定义。

站在三一堂前，那外墙立面上，一个个金色大字，教我什么是爱——

“爱是恒久的忍耐，又有恩慈；爱是不嫉妒，爱是不自夸，不张狂，不做害羞的事，不求自己的益处，不轻易发怒，不计算人的恶，不喜欢不义，只喜欢真理；凡事包容，凡事相信，凡事盼望，凡事忍耐。爱是永不止息。”（《圣经・哥林多前书》）

偶遇爱，来日更受用。

鼓浪屿有什么好玩？

鼓浪屿的特色商品街，琳琅满目，不买就是看看，也蛮舒心的。同伴都去采买，我采购颇多，再提不动了，便待在门口，与迎宾兼导购小妹闲聊起来。

我问：“你是哪里人呀？”

她说：“我妈是江西人，爸爸是厦门人。”

我说：“你天天在鼓浪屿，好幸福呀！我们千里迢迢，来一趟多不容易呀！”

她很诧异，很不屑地说：“鼓浪屿有什么好玩？”

我说：“看你这话说的，鼓浪屿不好玩，怎么每天有那么多人上岛来玩？”

她说：“真不好玩。我以前在厦门那边打工，那边比这里更好玩一些。

你是南昌来的？你们南昌更好玩吧？”

有人说，所谓旅游，就是从自己呆腻的地方去看别人呆腻了的地方。听了这位迎宾兼导购小妹的心里话，算是悟到此语之精髓了。

石上的树

黄荣远堂是鼓浪屿一处收门票的景点。

据悉，此建筑早在1920年，由在菲华侨施光建造，后转让给了黄仲训。黄氏父子在此创办房地产公司——黄荣远堂。二十世纪八十年代，此处为幼儿园，后为厦门演艺职业学院办公大楼，现为户外咖啡厅。

大家围着黄荣远堂拍照留影的时候，我的目光被对面的奇景拉了过去。这南洋风情的石柱门，横楣巨石上刻着“海天堂构”四个遒劲大字。先是为字的美所倾迷，继而发现断裂的石柱——如此巨大而坚硬的石柱，居然断裂了！实在惊奇，不关地震的事，也非人为，秘密就藏在长在旁边的榕树。

海天堂构新造之时，初植的榕树一定与石柱门离得远，然而，百年风雨，百年成长，小树参天了，柔枝健硕了，经年的使力，终致巨石成缝，继而断裂成上下两截。最柔美的植物身藏惊人的力量。

讶异之际，心里平添一份敬重。

良心买卖

厦门一家药企生产的鱼肝油很出名。

来厦门之前，有亲戚叮嘱我一定要买这厂产的鱼肝油。心里一直记挂这事，却迟迟没得空去药店采购。临别前夜，在入住的酒店附近找到一家药店，向导购员问：“有本地产的鱼肝油吗？”导购员很热情，说：“有的。你买给多大的人服用？是不是缺钙了？……”这一连串的问题让我感觉很突然。经综合权衡，导购员向我推荐了一款，一问价格，得知才八块二毛钱一瓶，真是便宜。我说：“那就给我多拿几瓶吧！”导购员很认真地说：“不行！不行！这不能多吃，吃多了会慢性中毒的。这样吧，先买两瓶吧！”

不图多销获利，只愿适用安全。做的是良心买卖。厦门人生意经，温暖直抵人心。

堂兄的惊问

堂兄在厦门打工。得知我来旅游，一早从同安出发，赶至火车站来接我。一下火车，我们一行人就直接被旅游大巴接走了，和他交错而过。后来，堂兄赶到我就餐的酒店，与我会面。一别三四年，堂兄老了不少，但看上去更精神了，许是挣钱多，生活更轻松了吧。

我与领队商量，带上堂兄让他感受我们的旅游。旅游大巴行走在世界上最美的滨海路之一的厦门环岛路上，一步一景，处处如画。堂兄却很突兀地说：“这有什么玩的呀，我天天骑自行车路过环岛路。”我无语了。下车后，我们准备去海滩上玩。堂兄又说：“海滩上有什么好玩的呀，以前天天去海边玩。”我更无语了。堂兄准备返回打工的地方。临走之前，堂兄说：“你们来环岛路是旅游，我天天打这儿过，算什么呢？”

是呀，这算什么呢？

替人着想

到厦门的第二天，约来两位当地美女作家聚谈。

聊及稿费，Z说：“还好啦，每年都能维持在十万左右。不过，这几年，越来越难，写得更吃力一些。”很惭愧，我写字多年，一年稿费十万至今仍是遥不可及的梦。与我同来的谢老师问：“真是很厉害，一年写稿收入这么多，你老公比这更高吧？”Z 很坦然地说：“他是小职员，一年也就三五万吧。”

这种收入构成很不符合传统呢？不过 Z 有她独特的应对办法，每有小额汇款单来，都交给老公去取。老公很不屑地说：“取这点钱，还不够我的油费呢！不过，老婆你只管写好了，我来养你！”真正大面额的稿费是打到银行卡上，她一般不让先生知道，存的钱，也不乱花，家里需用时，才拿出来。

Z 说：“我们女人虚荣，你们男人是不是很爱面子？没办法，我就给足他面子，让他在养我的过程中，挣足男人的尊严，拥有足够的成就感。”

大嶝故事

大嶝是福建省厦门市的一个滨海小镇。镇子不大，名声倒不小，只因是 1958 年“823”炮战的前沿阵地。这里距金门最近处只有区区千米，风平浪静时，鸡鸣犬吠隔海相闻。

散落在大嶝岛上的原国民党金门县党部及县政府旧址，像一位沧桑老人，伴着阵阵海风，讲着过去的故事。故事里的事，淡去了烟尘之后失却锐利的棱角，故事里的人，因了交往的加入，微笑成了无往不利的通行证。千言万语一句话：风云变幻，不改海峡两岸一家亲。

初夏时节，咸湿海风吹来阵阵清凉，冒着提前而至的大热，抵达大嶝岛，浓密的滨海植物如绿云飘过，整个人便感觉是在绿中游，不愧“海上花园”的美誉。

登小游艇，半小时左右，就抵达台湾管辖的金门。我们这个“海上游金门”项目只能远看，不能上岛。游艇距离金门岛礁最近处只有数米远，能看到对方守防员在看报，对方岛上停着辆双层旅游巴士，车边游客人头攒动。

我在小艇上向那边游客挥手，对方也友好地回礼。岛上艇上，不分哪边是哪边，礼来礼往，亲连亲，笑融笑。

弃艇返回大嶝岛，我们一行人来到“大嶝小镇”，一处对台特色的商贸旅游城。入了商品城大门，感觉仿佛置身香港迪斯尼乐园的美国风情小镇，颇为神似，一样的整洁有序，一样的琳琅满目。

早在二十世纪七十年代末，这里的人们借助大海的潮汐，以“冲滩”的方式，进行海上交易。大嶝与金门用这种独特的方式，作别过去，沟通未来。1999 年 5 月，厦门大嶝对台小额商品交易市场对外营业，是当时中国惟一一处免税区。后经改扩建，“大嶝小镇”完美蝶蜕，一如架在海峡两岸的金桥，物来心通，人来情连。

你来我往，隔膜自会消除，亲近自然增长。

人们口耳相传的“台湾免税商城”，价廉物美，质量可靠，去了，才知名不虚传。空着两手去，归来时，我手上满满地提着几个大包。

大嶝故事，讲的就是“沟通”二字。世上没有化解不了的怨恨，没有消除不掉的隔阂，只要人们用行动去联系，做交流，定能化干戈为玉帛。更何况，我们同宗同源、亲缘相连呢。

写作感悟：

一个作家眼中的厦门，和一个游客眼里的厦门，竟然很不一样。第一次去厦门是旅游，后来，以作家身份再前往，居然发现如此多的迷人细节。豪迈而不失温婉，大气而不失细润，一个个城市细节里潜藏着与人为善的宏大气度，这就是厦门的气质。